우먼에서
휴먼으로

우먼에서 휴먼으로

초판 1쇄 발행 2011년 4월 5일
초판 2쇄 발행 2012년 9월 1일

지은이 김흥숙
펴낸이 이영선
펴낸곳 서해문집
이 사 강영선
주 간 김선정
편집장 김문정
편 집 허 승 임경훈 김종훈 김경란 정지원
디자인 오성희 당승근 안희정
마케팅 김일신 이호석 이주리
관 리 박정래 손미경

출판등록 1989년 3월 16일 (제406-2005-000047호)
주 소 경기도 파주시 문발동 파주출판도시 498-7
전 화 (031)955-7470 | **팩 스** (031)955-7469
홈페이지 www.booksea.co.kr | **이메일** shmj21@hanmail.net

ISBN 978-89-7483-457-9 03810

이 도서의 국립중앙도서관 출판시도서목록(CIP)은 e-CIP 홈페이지(http://www.nl.go.kr/ecip)와 국가자료공동목록시스템
(http://www.nl.go.kr/kolisnet)에서 이용하실 수 있습니다.(CIP제어번호: CIP2011000080)

우먼에서
휴먼으로

김흥숙 지음

서해문집

'제3의 성'을 향하여

맨 처음 이 책을 쓰기로 한 건 2009년 초, 부부싸움 후에 냉전 중이던 동생 부부 때문이었습니다. 공평한 청취자가 되어 두 사람의 말을 들어 보니 싸움의 원인은 아주 단순했습니다. 바로 남편이 남자이며 아내가 여자라는 사실이었으니까요. 조언이랍시고 이제 '남자, 여자man, woman' 그만두고 '사람human'으로 살라며, '우먼에서 휴먼으로'라는 표현을 썼습니다. 친구들과 얘기하면서 가끔 쓰던 표현이었지만 동생 부부에겐 새로웠나 봅니다. 두 사람이 이구동성으로 그 얘기를 책으로 쓰라고, 그런 책이 나오면 자기네 같은 부부들에게 도움이 될 거라고 했습니다. 그렇게 이 책의 제목이 정해졌습니다.

첫 문장을 쓸 때만 해도 저와 같은 중년들에게 쓰는 편지가 되겠구나 생각했습니다. 그러나 제목을 염두에 두고 사람들을 만나고 관계를 관찰하면서, '우먼에서 휴먼으로' 가야 하는 건 중년 여인들만이 아니라고 생각하게 되었습니다. 젊은 사람이든 늙은 사람이든, 여자든 남자든,

타고난 성性으로부터 자유로운 사람일수록 자신의 잠재력을 최대한 발휘하여 인류에 기여할 수 있음을, 즉 '잘' 살 수 있음을 깨닫게 되었기 때문입니다.

재미있고도 잔인한 사실은, 젊은이든 중년이든 노인이든 살아 있는 사람은 누구나 나이가 든다는 것입니다. 그러므로 '잘' 산다는 말은 '잘' 나이 든다는 말과 다르지 않습니다. 살아 있으면 나이는 저절로 쌓이지만, 잘 나이 들어 젊은 시절보다 멋있는 사람이 되는 건 쉬운 일이 아닙니다.

'잘' 나이 드는 걸 도와주기 위해 갱년기更年期가 옵니다. 그런데 갱년기를 긍정적으로 표현하는 경우를 보기는 힘듭니다. 백과사전에서는 갱년기를 노화老化와 동일시했더군요. 과연 그럴까요? '更年期'라는 한자를 풀이하면 '해를 바꾸는 시기'입니다. 즉, 이제껏 살아온 삶을 마무리하고 새로운 해를 시작한다는 것이지요. 갱년기는 그 한자어가 뜻하는 것처럼, 평생 에스트로겐과 테스토스테론이라는 성 호르몬의 지배를 받으며 늙어 가는 보통 여자와 남자에게 인생이 주는 선물입니다. 호르몬의 분비가 줄어들면서 '여자'와 '남자'를 벗어나 자유로운 '인간'으로 살아갈 기회가 주어지니까요.

그러나 몸의 변화가 언제나 의식의 변화를 수반하는 건 아닙니다. 몸은 '인간'이 되어 가지만 마음은 '여자'와 '남자'라는 이분법을 벗어나지 못하는 거지요. 자연이 주는 기회를 살리지 못하고, 자신의 성장을 저해하는 관성의 포로로 살아가는 겁니다. 이 '포로들'이 여성과 남성 말고 '인간'이라는 '제3의 성'이 있다는 것을 인식하는 순간부터 새로운 인생이 시작됩니다.

　모든 인간, 나아가서 모든 생명체를 이분화하는 '성性'이라는 단어는 '마음 심心'과 '날 생生'으로 이루어져 있습니다. '성' 하면 누구나 생물학적인 것, 육체적인 것을 연상하지만, 본래 그 글자 속엔 육체가 아닌 마음이 있다는 거지요. 태어나면서부터 갖게 된 마음, 그것이 '성'입니다. 그러므로 '우먼에서 휴먼으로' 가는 것은 이 세상에 처음 올 때 가지고 태어난 마음을 찾는 여정旅程입니다. '성'이라는 단어 앞에 붙은 '남'과 '여' 혹은 치마와 바지, 그 사소한 다름의 상태에서 벗어나 이분법 이전의 마음으로 돌아가는 것이지요. 여행이란 늘 출발한 곳으로 돌아가는 것임을 생각할 때 '성'을 향한 여정은 지극히 자연스럽다는 생각이 듭니다.

　제가 여성이어서 각성覺醒의 주체를 여성으로 삼고, 처음에 정한 제목도 그대로 두었지만, 성性의 껍질을 벗고 인간이 되어야 하는 건 남성도 마찬가지입니다. 그러니 이 책의 다른 이름은 '맨에서 휴먼으로'가 되겠지요.

여자는 태어나는 것이 아니라 만들어진다고 한 프랑스의 지성 시몬 드 보부아르Simone de Beauvoir가 《제2의 성Le Deuxième Sexe》을 출간한 게 1949년이니, 그 책은 이제 환갑을 지났습니다. 그러나 지구촌 곳곳에선 아직도 남녀평등을 주장하는 그녀의 요구를 제도화하기 위한 노력이 진행 중입니다. 여성으로 하여금 '제1의 성'인 남자들에 의해 부차적으로 만들어진 사회적 존재, 즉 '제2의 성'에서 벗어나게 하기 위한 노력이지요. 이미 그러한 노력이 성과를 거두고 있는 우리나라 같은 곳에서 이제 추구해야 할 것은 '제3의 성'입니다.

'제3의 성'의 특질은 한마디로 자유입니다. '여성'의 삶에 내재하던 부자유와 '남성'이라는 정체가 수반하는 부자유로부터 벗어나는 것입니다. 타고난 잠재력과 열망에 상관없이 사람을 규정하는 '여성적 삶'과 '남성적 삶'을 벗어나 '인간으로서의 삶'을 깨닫고, 그렇게 살겠다고 마음먹는 순간부터 시야는 넓어지고 사고는 깊어집니다. '멋진 여자' '멋진 남자'가 되기보다 '멋진 인간'이 되겠다는 목표를 세운 사람은, 무엇이 사소하며 무엇이 중요한지 쉬이 알게 됩니다. 자연히 외양적 아름다움에 집착하거나 부부싸움에 에너지를 낭비하거나, 늙어 가는 육체를 보며 비탄에 빠지거나, 에스트로겐과 비아그라를 구해 먹느라 애쓸 필요가 없게 됩니다.

21세기의 시대정신은 '통섭統攝'이며, 이 정신은 이른바 남성성과 여성성을 아우르며 초월하는 통합적 인간을 요구합니다. 남녀가 가지고 있는 긍정적 요소들을 두루 포괄하여 이분법을 뛰어넘는 존재, 바로 '제 3의 성'을 요구하는 것이지요. '우먼'과 '맨'의 껍질을 벗어 버리고 '휴 먼'이 된 사람에겐, 긴 여행 끝에 집에 돌아온 사람이 느끼는 기쁨과 안 온함이 기다립니다. 이 책이 그 여행의 동반자가 되어 가능한 한 많은 사 람들이 자유를 되찾는 데 도움이 되기를 바랍니다.

김흥숙

서문: '제3의성'을 향하여 … 5

● 프롤로그 · 12

버지니아 울프, 기 드 모파상, 이미자 그리고 아르테미시아 · 14

아! 김명순 · 21

멘토를 만나셨나요? · 26

조영래와 권인숙 · 32

● 카페의 여인들 · 36

카페 십계명 · 40

'연예공화국'에서 '부자 되세요?' · 46

어머니 노릇 · 52

여성적인, 너무나 여성적인 · 56

'아름다움은 보는 사람의 눈 속에 있다.' · 62

얼굴은 구두와 같습니다 · 67

● 결혼과 비혼 · 72

여성전성시대 · 75

골드미스, 알파걸, 차이니 · 82

아무리 해도 사람의 힘으로 안 되는 것 · 88

결혼이라는 것 · 92

이혼, 불륜, 사랑 · 96

그와 내가 자라고 서로 키워 주는 것 · 102

부부싸움 어떻게 풀까요? · 106

● **나이가 든다는 것** · 118

불혹, 유혹에 흔들리지 않음 · 121

불혹으로 가는 두 개의 열쇠 · 126

애인싸움 vs 부부싸움 · 132

지천명, 하늘의 뜻을 알다 · 136

축복에는 반드시 대가가 따릅니다 · 141

젖은 낙엽, 마른 낙엽 · 144

황혼이혼 · 151

● **우먼에서 휴먼으로** · 156

'나'는 누구인가? · 159

'만일 내가 인생을 다시 산다면' · 168

제3의 성, 자유인으로 가는 지름길 · 173

중년, 중용, 중도, 정중동 · 178

휴먼의 12증거 · 180

죽음, 죽을 만큼 아시나요? · 204

에필로그 · 212

프롤로그

'우먼에서 휴먼으로'라는 제목을 앞에 두고 앉으니 제가 직접 간접으로 만났던 무수한 여인들이 떠오릅니다. 제가 만난 최초의 두 여인인 할머니와 어머니, 초등학교 1학년 때 학교에서 병이 난 저를 집에까지 업어다 주신 교생 선생님, 집 근처 우물가에 둘러앉아 쌀 씻고 빨래하며 끝없이 얘기를 나누던 아주머니들, 바람났다는 소문 속에 외출할 땐 꼭 색안경을 끼고 나가던 이웃집 여인, 수업이 끝난 후 교실 뒷문에 서서 함께 가자고 기다리던 급우들, 대학 시절 만난 소수의 실력 있는 교수들과 실력은 없으되 운이 좋아 교수가 되었다는 느낌을 주던 다수의 교수들, 근 이십 년 직장 생활을 하며 만났던 국내외 여성들과 선후배들, 직장을 떠난 후 우연과 필연의 힘으로 만나게 된 새로운 친구들, 아기를 가진 후 속이 메스꺼워 음식을 먹지 못할 때 맛있는 짬뽕으로 입맛을 찾아 준 중국집 아주머니, 밥은 먹고 싶은데 밥을 지을 수 없는 상황일 때 동네 친구 대접하듯 감칠맛 나는 밥상을 차려 주시던 가정식 백반집 아주머니, 다달이 찾아오는 생리통 때문에 누워 지낼 때 끼니마다 다른 죽을 쑤어다 주던 옆집 친구….

　　나이도, 사는 곳도, 피부색도, 하는 일도 각기 다르지만, 이 모든 여인들이 걸어가는 삶의 여정은 크게 다르지 않습니다. 딸로 태어나 여자로 성장하

고 어머니가 되었다가 할머니가 되어 생을 마감하는 것이지요.

　우리나라를 비롯한 세계 대부분의 나라에서 여자는 자신이 여자라는 걸 한시도 잊을 수가 없습니다. 특히 남존여비가 엄존하던 시대에 태어나 성장한 지금의 중년과 노년층에선 아직도 남녀의 차이가 매우 심합니다. 아무리 나이가 들어도 '나이 든 사람'이 아닌 '나이 든 남자'와 '나이 든 여자'로 살아갑니다. 사춘기 시절부터 사람을 여자와 남자로 가르던 성호르몬의 분비는 시들해지고 육체는 여성과 남성의 차이를 지우며 늙어 가도, 의식만은 남자와 여자를 고집하는 겁니다. 그러니 월경을 하지 않게 된 여자는 이제 '쓸모없이' 되었다고 안타까워하며 여성호르몬제를 복용하고, 발기가 뜸해진 남자는 아내가 자신을 우습게 본다며 비아그라를 찾습니다….

버지니아 울프, 기 드 모파상, 이미자 그리고 아르테미시아

부모나 시대에 따라 '딸'의 의미는 다릅니다. 제가 태어난 1950년대만 해도 대부분의 가정에서 딸은 환영받지 못하는 존재였습니다. 물론 제 중학교 때 짝처럼 아들 많은 유복한 집에 막내로 태어난 딸이나 무남독녀 외동딸은 공주 대접을 받았지만, 대부분의 가정에서 남존여비는 가을 다음에 겨울이 오듯 자연스러운 일이었습니다. 요즘 젊은 부부들 중엔 아들보다 딸을 선호하는 사람들이 많고, 청년층에선 여성들의 활약이 점차 활발해지고 있으니 정말 '역사의 복수'가 시작된 건지도 모릅니다.

저는 둘째 아이이자 맏딸로 태어났는데, 전통적 남아 선호에 젖어 있던 저희 할머니는 '기집애'라며 반기지 않았다고 합니다. 그런 할머니와 한 방을 써야 했으니 할머니의 무심한 언행에서도 늘 상처를 받았던 것 같습니다. 부모님의 아들 선호는 할머니보단 덜했지만 할머니 못지않게 노골적이었습니다. 지방 소도시에 살던 부모님이 오빠와 제 아래 사내동생은 서울의 명문 덕수초등학교에 보내고, 저만 그곳의 초등학교에

넣은 것만 보아도 알 수 있는 일이니까요. 나이 들어 가며 아무리 훌륭한 사람도 자기 세대의 가치관으로부터 자유롭긴 어렵다는 걸 이해하게 되었지만, 어려서는 서운할 때가 많았습니다. 어린 시절 저는 "기집애…"로 시작하는 말을 매우 싫어했습니다. "기집애가 무슨 책을 그렇게 봐?" "기집애가 똑똑하면 뭐 해?" "기집애는 이런 것도 미리미리 해 봐야 해." "기집애가 그럼 이런 것도 안 해?" 어른들이 툭툭 내뱉은 말들은 화살이 되어 아프게 꽂혔습니다.

그때의 경험 때문인지 저는 고정관념을 품고 있거나 강요하는 말에 민감합니다. "기집애가…" "여자가…" 하는 식의 말을 좋아하지 않기 때문에 "남자가…" "젊은 사람이…" "노인네가…" 하는 식의 말도 좋아하지 않습니다. 당연히 남녀를 가르거나 차별하는 사람들과는 거리를 둡니다.

부끄럽고도 흥미로운 건 남녀 차별을 무엇보다 싫어하면서도 동료 여성들을 좋아하지 않았다는 사실입니다. 나이 들며 곰곰 생각해 보니 그 심리의 밑바닥엔 어려서 겪은 고부 갈등이 있습니다. 제 할머니와 어머니 사이의 갈등입니다. 일찍 남편을 여의고 아들 하나를 키우며 산 할머니와, 그 할머니의 심리를 이해하기엔 너무 젊었던 어머니. 두 여인은 매일 싸웠습니다. 온 동네가 다 알게 큰소리로 싸우는가 하면, 제 머리칼을 반으로 나누어 땋으며 나직나직 싸울 때도 있었습니다. 저는 두 여인의 싸움터에 강제로 배치된 목격자이자 피해자로서, 두 사람의 갈등을 여자 일반의 속성으로 지레 짐작하며 혐오와 피로를 느꼈습니다.

여자를 동료로, 여자들이 일반적으로 겪는 고통을 제 것으로 받아들이게 된 건 1980년대 말에 본 연극 〈자기만의 방〉 덕택입니다. 연극의 제목은 버지니아 울프의 책 《자기만의 방A Room of One' s Own》에서 따온 것입니다. 그때 저는 과장된 말투와 몸짓이 싫다는 이유로 연극을 좋아하지 않았는데, 오랜 친구인 목계선이 꼭 함께 보고 싶다며 저를 대학로의 소극장으로 끌고 갔습니다. 그렇게 해서 이영란 씨의 일인극 〈자기만의 방〉을 보았고, 처음으로 사회에 의해 부당하게 규정되어 낭비되는 '여자의 일생'을 생각하며 눈물을 흘렸습니다.

'여자의 일생'이란 말이 나오니, 이 제목이 붙은 소설과 노래가 생각납니다. 프랑스 작가 기 드 모파상Guy de Maupassant(1850~1893)의 동명 소설과 가수 이미자 씨의 노래입니다. 모파상은 현대 단편소설의 아버지로 불릴 만큼 뛰어난 단편소설들을 남겼지만, 그를 유명한 작가로 만든 건 처음으로 쓴 장편소설 《여자의 일생Une Vie》이었습니다. 이 소설은 1883년에 출간되어 엄청난 성공을 거두었는데, 소설의 주인공 잔의 일생과 1968년에 발표된 이미자 씨의 노래 속 '여자의 일생'은 장르와 시대를 뛰어넘어 참으로 닮았습니다. 이 씨의 노래는 아래 가사에서 보듯 처연하고 절절합니다.

참을 수가 없도록 이 가슴이 아파도
여자이기 때문에 말 한마디 못하고
헤아릴 수 없는 설움 혼자 지닌 채
고달픈 인생길을 허덕이면서
아~~ 참아야 한다기에
눈물로 보냅니다, 여자의 일생…

모파상의 《여자의 일생》은 귀족의 외동딸인 잔을 중심으로 여자들의 일생을 그립니다. 열일곱 살에 수녀원 학교를 졸업하고 부모에게 돌아온 잔은 천성적으로 순진하고 낙관적인 데다 수녀원 학교에서 갇혀 살았던 소녀답게 학교 밖 현실을 전혀 모릅니다. 곧 사랑에 빠져 결혼을 하지만 첫날밤에 남편의 난폭함을 보고 비애와 환멸을 느낍니다. 외아들 폴이 잔의 유일한 희망이지만, 폴은 집을 나가 떠돌며 도움이 필요할 때만 엄마를 찾습니다. 요즘도 이런 아들이 왕왕 있지요? 이 소설은 "인생이란 생각보다 행복하지도 불행하지도 않은 것인가 봐요." 하는 말로 끝을 맺지만, 소설 속 여인들의 삶은 아무리 봐도 불행합니다.

그보다 20여 년 앞선 1856년, 귀스타브 플로베르Gustave Flaubert(1821~1880)는 《보바리 부인Madame Bovary》이라는 '여자의 일생'을 그렸습니다. 10월 1일부터 12월 15일까지 《파리 리뷰》라는 잡지에 이 소설을 연재했다가 1857년 1월 외설죄로 법정에 섰습니다. 하지만 2월에 무죄 선고를 받았고 4월엔 이 책이 출판되어 베스트셀러가 되었습니다.

소설의 주인공은 의사의 아내인 에마 보바리입니다. 오늘날 많은 여성들이 '의사의 아내'가 되고 싶어 하지만 그 무렵 의사는 지금의 의사와 달랐던 것 같습니다. 간단히 말하자면, 에마는 시골 생활의 권태와 무료함을 이기지 못해 남편 아닌 남자들과 연애를 하고 비싼 물건을 사들이지만 결국은 사랑의 배신과 눈덩이처럼 늘어나는 빚을 감당하지 못해 자살합니다. 물론 이 줄거리뿐이라면 이 작품이 2007년 125명의 유명한 현대 작가들이 뽑은 "가장 위대한 열 개의 작품The Top Ten" 중 2위로 뽑히진 못했을 겁니다. 실제로 있었던 일을 소재로 쓴 이 소설은 실증주의 정신에 따라 쓴 최초의 작품이라고 합니다. 이 작품의 성공으로 사실주의가 확립되었고 모파상을 비롯한 많은 사실주의 작가들에게 큰 영향을 끼쳤다고 합니다.

《보바리 부인》을 2위로 만들고 1위에 등극한 작품은 레프 톨스토이 Lev Nikolaevich Tolstoi(1828~1910)가 1873년부터 1877년까지 《러시아 메신저》라는 잡지에 연재했던 소설 《안나 카레니나Anna Karenina》입니다. 《안나 카레니나》도 《보바리 부인》처럼 남편 아닌 남자와 사랑에 빠진 부인을 주인공으로 한 것을 보면, 플로베르나 톨스토이 같은 대문호들도 여성에 대한 관심이 많았던 것 같습니다. 두 작품의 여주인공 모두 비참한

말로를 맞게 한 걸 보고 두 위대한 작가들이 남성적 시각과 시대의 영향
을 벗어나지 못했던 게 아닌가 생각할 수 있지만, 그보다는 시대의 속박
을 거부하는 여성들의 삶이 대개 그렇게 귀결되었으리라 생각하는 게 옳
을 것 같습니다.

여성의 삶이 수반하는 고통을 찾기는 문학 안팎 어디서나 어려운
일이 아닙니다. 16세기 말에서 17세기 중반에 걸쳐 살았던 이탈리아 화
가 아르테미시아 젠틸레스키Artemisia Gentileschi(1593~1653?)가 겪은 고통은
그 중에서도 끔찍합니다. 여성 화가를 인정하지 않던 시절, 뛰어난 실력
덕에 여성 최초로 플로렌스의 디세뇨 예술아카데미Accademia Arte del Disegno
회원이 되었던 아르테미시아(보통 외국인을 표기할 때는 성을 쓰지만 아르테
미시아는 이름으로 널리 알려져 있기 때문에 이름으로 표기합니다)는 토스카
나의 유명한 화가 오라지오 젠틸레스키의 맏딸로, 1593년 로마에서 태
어났으나 아버지의 이상적理想的인 그림과는 다른 자연주의적 그림을 그
렸습니다.

19세였던 1612년, 그림은 잘 그려도 여자이기 때문에 아카데미에
들어갈 수 없던 딸을 위해 아버지는 아고스티노 타시라는 화가를 고용하
여 그림 교육을 맡겼는데, 타시는 아르테미시아를 여러 차례 강간했습니
다. 그녀는 타시가 응분의 벌을 받게 하기 위해 7개월 동안이나 법정 투
쟁을 벌여야 했는데, 그 과정에서 부인과婦人科 검사와 함께 손가락을 가

죽으로 동여매어 조이는 고문도 받았다고 합니다. 고통을 받으면서 진술한 내용이 고통 받지 않을 때 진술한 내용과 같아야 진실을 말하는 거라는 해괴한 논리 때문이었습니다. 그녀는 그 모든 고통을 견디며 자신의 진술이 진실임을 주장했으나 타시는 겨우 1년 징역을 살았거나 무죄 방면되었습니다(자료에 따라 재판 결과가 다르게 나와 있습니다).

아르테미시아가 17살에 처음으로 그린 그림 〈수산나와 장로들〉에는 수산나를 성적으로 괴롭히려 하는 두 남자의 모습이 보여, 그녀가 이미 그 전에 성적 괴롭힘을 경험했을 거라고 말하는 사람들도 있습니다. 강간을 당하던 시절에 그렸을 것으로 생각되는 〈홀로페르네스의 목을 베는 유디트Judith Slaying Holofernes〉에는 피비린내가 진동합니다. 아르테미시아는 시대가 자신에게 강요한 온갖 부당함에도 불구하고 위대한 예술가로 성장하여 유럽 전역에 이름을 떨치다가 사망했습니다. 1652년에 사망했다는 설이 있는가 하면 그보다 1년 뒤에 사망했다는 설도 있고, 사망의 원인에 대해서도 이론이 분분합니다. 뛰어난 여성들의 생몰生沒 연도나 사인死因이 불분명하다는 사실에서, 그 여성들이 시대와 사회로부터 걸맞은 대우를 받지 못했음을 유추할 수 있습니다.

아! 김명순

이야기가 곁길로 흘렀습니다. 다시 《자기만의 방》으로 돌아가지요. 1929년에 출간된 이 에세이에서 울프는 윌리엄 셰익스피어에게 그만큼 뛰어난 여동생 주디스가 있었다고 가정하고, 주디스가 아무리 비범한 문학적 재능을 가지고 있었다 해도 여성에 대한 사회적 편견으로 말미암아 평범한 부인으로 늙어 가거나 좌절감을 이기지 못해 자살했을 거라고 말합니다. 《자기만의 방》은 울프가 케임브리지대학교에 있던 여자 대학인 뉴넘대학과 거튼대학에서 시리즈로 행한 강연 내용에 살을 붙인 책입니다. 뉴넘Newnham College은 지금도 여자 대학으로 남아 있지만 거튼Girton College은 남녀공학이 되었습니다. 원래 강연 제목은 '여자와 소설Women and Fiction'이었다고 합니다. '자기만의 방'이라는 책의 제목은 울프가 그 강연에서 했던 말, 즉 "여자가 소설을 쓰려면 돈과 자기만의 방이 있어야 한다."에서 유래하였습니다. Virginia Woolf, 〈A Room of One's Own〉, Penguin Books, 2000

울프는 이 책의 말미에서 자신의 강연을 듣는 여대생들에게, 셰익스피어의 여동생은 단 한 줄의 시도 쓰지 못한 채 일찍 죽고 말았지만 기회만 주면 다시 살아날 수 있다고 말합니다.

"그녀는 여러분과 나, 그리고 그릇을 씻고 아이들을 재우느라 이 자리에 오지 못한 수많은 다른 여성들 속에 살아 있습니다. 그렇습니다. 그녀는 살아 있습니다. 위대한 시인들은 결코 죽지 않습니다. 그들은 몸을 얻어 우리 사이를 걸어 다니게 될 기회를 기다리며 여전히 현존하고 있습니다. 지금 그 기회가 여러분에게 오고 있습니다. 여러분은 그 기회를 그녀에게 줄 수 있습니다. … 우리가 그녀를 위해 열심히 노력한다면 그녀는 다시 올 겁니다. 그래서 빈곤과 무명無名 속에서도 노력할 가치가 있는 겁니다."앞의 책 p.112

《자기만의 방》과 더불어 20세기 여성들에게 영감과 용기를 준 대표적인 책은 보부아르의 《제2의 성》입니다. 오늘날 우리가 세계 어느 나라보다 지적이며 진보적이라고 생각하는 프랑스에서 이 책이 출간되어 '혁명적'인 책이라는 평가를 받은 게 겨우 60년 전이라니, 놀랍고도 씁쓸합니다. 그나마 프랑스니까 그때라도 이런 책이 나왔을 거라고요? 그럴지도 모르지요. 《제2의 성》에 대해선 뒤에 다시 얘기하겠습니다.

울프는 진실을 얘기하기 위해 '셰익스피어에게 여동생이 있었다면' 하고 가정했지만, 우리 역사엔 바로 그 여동생이라 할 수 있는 실제 인물이 있었습니다. 바로 《홍길동전》을 지은 허균의 누이 허난설헌입니다. 1563년에 강릉에서 태어난 난설헌은 여덟 살 때 이미 시를 지어 천재적 재능을 발휘했습니다. 그의 집안은 허균을 비롯한 '5문장가'로 유명했지만 그 중에서도 난설헌이 단연 뛰어났다고 합니다. 허균은 시문집 《성소부부고惺所覆瓿藁》에서 "난설헌의 재주는 배워서 될 수가 없는 것이다. 모두 이태백과 이장길李長吉의 유풍遺風이다."라고 말했습니다.

그러나 16세기 조선에서 아무리 천재라 하나 난설헌이 갈 길은 보통 여인과 다르지 않았습니다. 열다섯 살에 김성립과 결혼했으나 결혼 생활은 불행했고 아들과 딸은 사망했습니다. 슬픔에 잠긴 난설헌의 생은 1589년에 끝이 납니다. '몽유광상산시서夢遊廣桑山詩序'에서 예언했던 대로 그의 나이 만 27세였습니다. 홍인숙, 《누가 나의 슬픔을 놀아주랴》, 서해문집, 2007

난설헌 얘기를 하다 보니 우리 근대 문학사상 최초의 여성 작가로 알려져 있는 김명순도 떠오릅니다. 당대 최고의 작가 이광수는 1917년 김명순의 〈의심의 소녀〉를 문예지 《청춘》의 현상 공모 당선작으로 선정하며 "언문일치의 문체로서 권선징악을 초월한 현실 묘사와 관념적 사고를 배제하여 근대 사상을 반영"한 소설이라고 호평했고, 전영택은 "확실히 소질이 있고 천분이 있으며 유망하다."며 김명순을 동인지 《창조》의 동인으로 추천했습니다. 그러나 김명순의 문학적 재능은 시대의 편견 앞에 짓밟히고 말았습니다.

'탄실'이라는 호로 더 잘 알려진 김명순은 1896년 1월 평양에서 명문 갑부 김가산의 딸로 태어났으나 그의 어머니는 소실이었습니다. 일찍부터 '총명하고 화사하여' 부친의 특별한 귀염을 받았지만 어머니의 신분으로 인해 괴로워했고, 진명여학교 시절 사망한 아버지가 단 한 푼의 유산도 남기지 않아 마음의 상처를 입었습니다. 시대를 앞서가는 신여성이었으나 어머니의 그늘을 벗어나기 위해 '정숙한 여자'에 대한 결벽증적 집착을 보이다가 자신을 사모하던 청년에게 강간당하고 그 사건이 신문에 보도되는 수모를 겪었습니다.

1925년 카프(조선프롤레타리아예술가동맹)를 만들어 활동하다 1940년 무렵부터는 '친일문예조직의 중추'가 된 시인이며 비평가인 김기진, 순수문학 주창자였던 김동인 등 남자 작가들은 각기 다른 문학관에도 불구하고 김명순을 모욕할 때만은 한목소리를 냈습니다. 김기진은 '김명순 씨에 대한 공개장'에 이렇게 썼습니다.

"그는 평안도 사람의 기질인 굳고도 자가방호하는 성질이 많은 천성에 여성 통유의 애상주의를 가미하였고 그 위에다 연애문학서류의 펭키칠을 더덕더덕 붙여 놓고 의붓자식이라는 환경으로 말미암아 조금은 꾸부정하게 휘여져 가지고 처녀 때에 강제로 남성에게 정벌을 받았다는 이유가 있기 때문에 더 한층 히스테리가 되어 가지고 문학 중독으로 말미암아 방분하게 되었다는 것이다. 그리고 이런 여러 요소를 층층으로 쌓아 놓은 그 중간을 꿰뚫고 흐르는 것이 외가의 어머니 편의 불순한 부

정한 혈액이다." 앞의 책, p.122-123

김동인은 1939년부터 1941년까지 《문장》지에 세 차례에 걸쳐 김명순을 모델로 한 소설 〈김연실전〉을 연재하면서 성적인 분방함을 과장하여 그를 '문학사에서 완전히 사장하는 데 결정적인 구실'을 했습니다. 결국 김명순은 심각한 우울증으로 인해 정신병으로 고생하다가 1951년 일본 도쿄의 아오야마 뇌병원에서 사망했다고 합니다.

멘토를 만나셨나요?

지금 제 몸과 의식에는 이 모든 여인들의 삶, 그들의 비애와 사랑, 영감과 각성의 흔적이 남아 있습니다. 이제 그 중에서도 제가 직접 만나 사표로 삼은 두 여인에 대해 얘기하려 합니다. 두 사람이 다 미국인인 건 제가 영어로 밥 먹고 사는 직장을 오래 다니다 보니 우연히 그리 된 것 같습니다. 부디 양해해 주시기 바랍니다.

한 사람은 1970년대 말 제가 영자신문《코리아타임스》의 기자를 할 때 만난 샤츠 박사Dr. Shatz입니다. 제 기억이 옳다면 그는 당시 유타대학교 사회복지대학원 원장이었습니다. 지금 같으면 아주 특별한 경우를 제외하곤 미국의 대학원장이 왔다고 해서 신문에서 인터뷰를 하는 일은 없을 겁니다. 그러나 그때 우리나라에선 '사회복지'라는 개념조차 생소했고 사회복지학과가 있는 대학도 드물었습니다. 30년도 더 전이니까요. 기억력 나쁜 저는 그의 성만을 기억할 뿐 이름도 잊었지만, 그의 모습은 사진처럼 선명하게 제 머릿속에 각인되어 있습니다. 흰머리와 갈색 머리가 자연스럽게 섞여 추수 전 초가지붕 빛깔의 긴 머리가 구불구불 어깨까지 흘러 내려와 있었습니다. 그의 나이 마흔여덟, 제 나이 스물여섯이었습니다. 지금도 나이 든 우리나라 여성들은 대개 머리를 짧게 잘라 꼬불꼬불 퍼머를 하고 다니지만, 당시엔 긴 머리의 중년 여인을 더욱 보기 힘들었습니다.

　나이 든 이의 긴 머리도 놀랍고 그 머리의 아름다움도 놀라웠지만, 저를 사로잡은 건 그이의 따스함이었습니다. 지금이야 학력 인플레 현상으로 박사 학위 소지자가 흔하지만 그때 우리나라엔 박사가 드물었습니다. 그래 그런지 그때껏 제가 만나 본 박사들은 대개 지적 우월감에 사로잡힌, 날카로운 눈빛과 어투의 소유자들이었습니다. 그런데 샤츠 박사는 지적이면서도 날카롭지 않았습니다. 먼 훗날에야 그의 전공과 분위기 사이에 상관관계가 있었을 거라는 생각을 했지만, 당시엔 그저 깊은 눈빛과 잔잔한 어조에서 배어 나오는 따스함 덕에 무장해제가 되어, 처음 만난 사이인데도 마음 속 말을 털어놓았습니다. 그때 저는 왜 살아야 하는지, 어떻게 살아야 하는지 고민하는 우울한 청년이었습니다. 삶은 버겁고, 죽고 싶은 마음이 그림자처럼 따라다녔습니다. 저로선 마흔을 넘겨 산다는 걸 상상하기도 힘들었지만, '마흔여덟이 되어도 저렇게 아름다울 수 있구나! 혹시라도 내가 마흔여덟까지 산다면 나도 저런 사람이 되고 싶다' 생각했습니다.

　　나이보다 어려 보이는 것을 미덕으로 치고, 외모를 아름답게 가꾸기 위해 성형외과와 피부과를 들락거리는 요즘 우리나라 사람들 기준으로 보면, 샤츠 박사는 별로 아름다운 사람이 아니었습니다. 그는 아주 자연스럽게 자기 나이대로 늙어 가고 있었으니까요. 그러나 제게 그 사람은 생애 처음으로 만난, 닮고 싶은 사람이었습니다. 어릴 적 붓글씨를 처음 배울 때 선생님은 잘 쓴 글씨를 옆에 두고 자주 보면서 써야 실력이 향상된다고 했습니다. 제게 샤츠 박사는 잘 쓴 글씨 같은 사람이었습니다. 스물여섯부터 마흔여덟까지 저는 제 머릿속 샤츠 박사의 모습을 흉내 내며, 또 샤츠라는 거울에 저를 비추며 잘 나이 들기 위해 노력했습니다.

　　두 번째로 제 사표가 되어 준 이는 글로리아 스타이넘Gloria Steinem입니다. 스타이넘은 미국의 대표적 여성운동가로 잘 알려져 있습니다. 제가 그이를 만난 건 제 나이 마흔여덟 살, 스타이넘이 예순여덟 살 때였습니다. 그때 저는 미국대사관 문화과에서 전문위원으로 일하고 있었고, 스타이넘은 조지 W. 부시 미국 대통령을 열렬히 비난하는 저명한 미국인 중 한 사람이었습니다. 그런 그가 한국 여성 단체들의 초청으로 방한하자 주한 미국 대사는 고민하지 않을 수 없었습니다. 자국에서 유명 인사가 오면 대사는 그이를 위한 행사를 개최하여 자신이 근무하고 있는 나라의 주요 인사들과의 만남을 주선해야 합니다. 스타이넘이 전 세계적으로 누리고 있던 명성을 생각할 때 주한 미국 대사는 당연히 정동에 있는 자신의 관저에서 그이를 위한 행사를 열어야 했지만, 그이가 부시 대통령을 강도 높게 비난하기라도 하면 자신의 입장이 곤란해질 테니 망설이게 된 것입니다.

오랜 논의 끝에 결국 대사관저에서 스타이넘을 위한 리셉션을 열기로 한 날, 하필 저는 온종일 신열에 시달렸습니다. 병가를 내고 집에 가 쉬고 싶었지만 스타이넘을 꼭 한 번 보고 싶었습니다. 유명한 사람 중엔 허명虛名도 적지 않으니, 스타이넘이 혹 허명은 아닌지 확인하고 싶었던 거지요. 동료들과 대사관저에 가서 저녁 리셉션 준비와 손님 접대를 거들고 있을 때 그가 나타났고, 그를 보는 순간 강렬한 빛이 회오리가 되어 제 머리 한가운데에 꽂혔습니다. 그 빛은 순식간에 온몸을 관통하여 발끝으로 빠져나갔는데, 바로 그 짧은 순간 저를 괴롭히던 신열과 두통은 온데간데없이 사라지고 저는 형언할 수 없는 희열에 사로잡혔습니다. 그 희열이 얼굴에 그대로 드러났던지 동료 하나가 뭐가 그리 좋으냐고 물었습니다. 저는 그때 막 경험한 희열에 대해 얘기해 주었습니다.

예나 지금이나 아이 같은 저는 종이와 펜을 들고 그에게 가서 사인을 해 달라고 부탁했습니다. 저는 많은 유명 인사들의 사인을 받아 보았지만, 사인을 해 달라는 제게 그때 그처럼 반응한 사람은 없었습니다. 그는 "나도 너의 사인을 받고 싶은데… 내겐 종이가 없네."라고 했으니까요. 저는 지금도 그가 해 준 사인을 간직하고 있습니다. 그날 그는 제 두 번째 사표가 되었습니다.

샤츠 박사와 스타이넘의 공통점은 여성이되 여자로 그치지 않았다는 겁니다. 두 사람을 만났을 때나 지금 그들을 떠올릴 때나, 저는 그 사람들이 여성이라는 사실에 주목하지 않습니다. 아니, 그들이 여자라는 사실조차 잊었다는 게 정직할 겁니다. 그건 그들의 관심사가 여성의 문제에 국한되지 않고 인간 보편의 문제를 아우르며, 사랑의 대상 또한 남성이나 여성이 아닌 모든 인간이었기 때문입니다.

스물여섯에 마흔여덟 살의 샤츠 박사를 만났던 제가 마흔여덟이 되어 예순여덟의 스타이넘을 만난 건 참으로 큰 행운이었습니다. 두 사람의 스승이 이어달리기를 하듯 제 앞에 나타나 주었으니까요. 그러니 예순여덟이 될 때까지 저는 아마도 '스타이넘 같은 사람'이 되고자 노력할 겁니다. "스타이넘을 만나 보니 어때?" 하고 묻는 사람들에게 저는 "그 사람은 정의와 사랑과 평화와 유머, 이 네 가지를 의인화한 것 같아."라고 대답하곤 합니다.

누군가는 제게 물을 겁니다. "그럼 예순여덟까지는 그렇게 산다 하고 그 후엔 또 누구를 사표로 삼을 거냐?"고. 그건 걱정할 필요가 없습니다. '스타이넘 같은 사람'이 되기 위해 노력하며 예순여덟까지 살게 되면 그 후엔 새로운 사표 없이도 스스로 빛이 되고 거울이 될 수 있을 테니까요. 만의 하나, 그렇게 되지 못한다면 틀림없이 새로운 사표가 나타나 제가 가야 할 길을 알려 줄 겁니다. 눈을 크게 뜨고 보면 누구나 주변에서, 책에서, 그림에서, 음악에서 제가 만난 분들처럼 훌륭한 스승들을 만날 수 있을 겁니다.

조영래와 권인숙

모든 사람이 저와 같은 방식으로 사표가 되어 줄 사람을 만나는 건 아닙니다. 어떤 이는 저처럼 직접 만난 사람을 사표로 삼는가 하면, 어떤 이는 책이나 영화 등에서 만난 인물을 사표로 삼기도 합니다. 어떤 이의 사표는 동성同性 인물이고 어떤 이의 사표는 이성異性입니다.

이른바 '부천 성고문 사건'의 주인공으로 지금은 명지대학교 교수로 활동하는 여성학자 권인숙 씨의 사표는 고故 조영래 변호사인 듯합니다. 2002년 말에 펴낸 책 《선택》에서 권 교수는 자신에게 조 변호사는 '신화'와 같은 존재였다고 고백합니다. 조 변호사가 아니었으면 '부천 성고문 사건'이 지금처럼 굵은 글씨로 역사에 기록되지 않았을지도 모릅니다. 사건을 잘 모르는 분들을 위해 간단히 설명하면 이렇습니다.

1986년 6월, 당시 서울대학교 4학년이던 권인숙 씨는 부천시에 있는 기업에 위장 취업했다가 발각되어 부천경찰서로 연행되었습니다. 권씨는 뒤로 수갑이 채워진 상태에서 관련 사실을 모두 시인했으나, 부천서 조사계 문귀동 형사는 다른 사람들의 행방을 물으며 그녀를 성추행하는 고문을 저질렀습니다. 권 씨는 다른 여성들이 자신과 같은 일을 겪지 않게 하겠다는 일념으로 그 사실을 폭로했고, 1987년 7월 조영래 씨를 비롯한 변호사들의 도움으로 문 형사를 고소했습니다.

권 교수는 조 변호사가 "실용적이고 가장 타당한 도덕적 기준 외에 허영심이나 명예욕, 고정관념에서 빚어지는 군더더기들은 단칼에 잘라 내는 분"이었다고 회고합니다. "그래서 고민을 이야기하거나 어떤 의견을 주장하면 그 고민이나 주장 속에 담겨 있는 편견이나 고정관념 등의 허점을 정확하게 짚어 내 주셨고, 가장 상식적 기준으로 다시 한 번 바라보게 하셨다." 권인숙, 《선택》, 웅진닷컴, 2002

조 변호사는 성고문 사건의 변론을 비롯한 수많은 시국 사건의 변호사로 유명하지만 그에 못지않게 중요한 것은 그가 쓴 《전태일 평전》입니다. 아시다시피 전태일 씨는 1970년 11월 노동자의 인권을 부르짖다 스스로 분신하여 사망한 서울 평화시장 노동자입니다. 1976년 여름 조 변호사가 쓴 책의 서문을 읽어 보면, 전 씨에 대한 그의 사랑이 얼마나 크고 깊은지 확인할 수 있습니다.

"그러나 참으로 전태일은 죽었는가? 전태일의 죽음을 뚫은 불꽃은 환상이었던가? 전태일 투쟁은 패배하고 끝났는가? 이러한 물음들에 대하여 '그렇다!' 라고 대답한다면, 그것은 속단이다. 천만에, 전태일은 죽지 않았다. 전태일의 불꽃은 결코 환상이 아니었다. 전태일 투쟁은 절대로 패배하지 않으며 절대로 끝나지 않는다. … 전태일의 몸을 불사른 불꽃은 '인간 선언'의 불꽃이었다. 그것은, 불의의 힘이 아무리 강성하여도, 그리하여 그것이 아무리 인간을 짓누르고 무력화하고 파괴하여도, 그럼에도 불구하고 인간은 끝내 노예일 수 없고 끝내 인간일 수밖에 없다는 진실을, 그 폭탄적인 진실을 온몸으로써 증명한 인간 역사의 영원한 승리의 기념비였다…." 조영래, 《전태일 평전》, 돌베개, 1995

《전태일 평전》을 읽다 보면 '인간 선언의 불꽃'이 된 전태일 씨는 물론, 그와 너무나 다른 길을 걸었으면서도 그에게 남김 없는 존경과 찬사를 보낸 조 변호사에 대한 존경심의 발로를 막을 길이 없습니다.

그렇게 훌륭한 조 변호사를 저도 만난 적이 있습니다. 개인적으로 만난 건 아니고, 1980년대 기자들을 재교육하는 강의실에서 교수와 학생으로 만났습니다. 중요한 말씀을 많이 하셨을 텐데 고작 '공증하지 않은 각서는 법적 효력이 없다'는 한마디만이 생각납니다. 각서가 무언지도 모르던 시절인데 왜 그 말만 기억하는 걸까요? 다른 기자들과 마찬가지로 조간신문 기자의 숙명인 잠 부족을 핑계로, 졸면서 의무적으로 강의를 들었던 것, 그와 깊은 얘기를 나눠 보지 못한 채 헤어진 것이 오랜 회한으로 남아 있습니다. 달리 말하면 제가 '조영래'라는 큰 인물을 알아보지 못했던 겁니다. 그때를 생각하면 지금도 안타깝습니다.

카페의 여인들

저희 집에서 멀지 않은 곳에 유치원부터 대학까지 같은 재단에서 운영하는 각급 학교가 있습니다. 골목에도 분식집에도 카페에도 학생들과 학부모들이 자주 눈에 띕니다. 학기 초나 학기 말, 중간시험과 학기말시험 때가 되면 카페는 여대생들과 젊은 어머니들 차지가 됩니다. 아버지들은 일터에 가서 어머니들만 왔나 보다 생각하면 어머니들이 많은 건 쉬이 이해가 되는데, 왜 남학생은 없고 여대생만 오는지는 알 수 없는 일입니다. 여학생들이 남학생들보다 카페를 더 좋아할 수도 있고, 여학생들이 남학생들보다 돈이 더 많을 수도 있겠지요.

여러 개의 카페 중에 제가 자주 가는 카페는 국내 유명 프랜차이즈에서 운영하는 일층 카페입니다. 테이블이 서른 개 남짓 되게 넓고, 한쪽엔 유리벽으로 만든 흡연실이 있습니다. 너무 화려하지도 초라하지도 않은 시설과 나쁘지 않은 커피 맛, 친절한 직원들이 좋아 단골이 되었지만, 손님들이 만들어내는 소음 때문에 읽던 책에서 눈을 떼고 고개를 들게 되는 일이 많습니다. 두어 명, 많아야 대여섯 명에 불과한 여인들이 온 카페에 다 들리게 큰소리로 얘기하는 걸 들으면 그들에게 가서 묻고 싶습니다. 왜 그러느냐고, 왜 이 적은 수의 청중 앞에서 백 명에게 말하듯 볼륨을 높이느냐고.

　　지난 여름처럼 핫팬츠가 유행하면 괴로움이 가중됩니다. 팬티에 가까운 핫팬츠를 입고 의자에 책상다리를 하고 앉는가 하면, 옆에 있는 빈 의자 위에 다리를 올려 쭉 뻗는 사람도 있습니다. 그 자세를 한 채 가방에서 화장품을 꺼내어 분을 바르고 입술을 고칩니다. 대학생이 그럴 때도 있고 어머니가 그럴 때도 있습니다. 그런 젊은이들이 나이 들면 꼭 그 옆 테이블의 어머니들처럼 되거나, 그들보다 더 시끄럽고 함부로 행동할 것 같습니다. 대개의 나쁜 버릇이란 나이 들수록 심해지고, 얼굴 피부는 자꾸 두꺼워지니까요.

　　카페 안에서 자기가 하고 싶은 대로 앉아 큰소리로 떠드는 것도 자유 아니냐고 할지 모릅니다. 그러나 함부로 행동하는 것과 자유롭게 행동하는 것은 다릅니다. 카페 안에서 자기 방에서나 취할 자세로 앉아 떠드는 건 자유로운 사람의 행동이 아니라 교양 없는 사람의 행동입니다. 그런 사람들의 대화가 깊이 있는 경우는 없습니다.

　　17세기 과학혁명의 상징이라 할 수 있는 영국의 물리학자 아이작 뉴턴이 얘기한 '관성의 법칙'은 물체에만 해당되는 게 아닙니다. '관성의 법칙'에 따르면 모든 물체는 외부의 자극이 주어지지 않는 한 있던 대로 있으려 하거나, 움직이던 대로 움직이려 합니다. 사람도 마찬가지입니다. 정신적인 것이

든 육체적인 것이든, 습관을 고치는 것은 보통 어려운 일이 아닙니다. 그나마 나이가 어릴 때는 고치기가 조금 쉽지만, 나이가 들면 자기사랑自己愛과 자기 합리화에 빠져 고치기가 더욱 어렵게 됩니다. 함부로 행동하는 여대생이 두어 테이블 너머에 앉아 떠드는 어머니가 될 가능성이 높은 이유가 바로 여기에 있습니다.

이 여대생들의 대화 주제는 주로 남자입니다. 남자 연예인들이나 남자친구 얘기를 신이 나서 하며, 앞에 사람을 앉혀 둔 채 끊임없이 문자 교환에 열을 올리는 걸 보면 영락없는 초등학생들입니다. "난 취직하고 싶지 않아. 집에서 남편이 벌어다 주는 돈으로 살림하는 게 제일 편할 거 같아." 할 때면 저희 어머니 또래의 얘기를 듣는 것 같습니다.

젊은 어머니들의 주제도 천편일률입니다. "어떻게 해야 아이의 성적을 올릴까?" "어떻게 해야 영어를 잘하게 할까?" "어떻게 해야 선생님이 우리 아이를 잘 봐 줄까?"

어떻게 해야 아이를 잘 키울까, 훌륭한 사람을 만들 수 있을까, 잘 키운다는 건 뭘까, 훌륭한 사람이란 어떤 사람일까, 고민하는 어머니는 보이지 않습니다. 그 어머니들이 가장 자주 하는 말은 "다 그런 거지, 뭐!" "그래도 남들 하는 건 해야지."입니다. 목소리를 높이는 사이사이 분첩을 꺼내어 얼굴을 들여다보고 화장을 고칩니다.

　　이 여대생들과 어머니들의 태도는 오늘의 대한민국 여성들이 직면하고 있는 가장 큰 두 가지 문제점, 무교양과 외모 지향을 보여줍니다. 외양은 화려하나 담긴 게 없는 그릇과 같다는 거지요. 유감스러운 건 이러한 문제점이 젊은 여성들에게만 국한된 것이 아니고 전 세대 여성들에 걸쳐 나타나고 있다는 것입니다.

카페 십계명

교양이란 별 것이 아닙니다. 무엇이 옳고 그른지를 알고, 이른바 T(Time: 시간), P(Place: 장소), O(Occasion: 특정한 경우)에 맞게 처신하는 것입니다. 약한 사람을 돕는 것, 예의를 지키는 것, 거짓말하지 않는 것, 물건을 사고 대가를 지불하는 것 따위는 옳고 그른 것을 아는 사람의 행위입니다. 카페에서 신발을 벗고 의자 위에 책상다리를 하고 앉는 것, 새벽이나 한밤중에 남의 집에 찾아가거나 전화를 거는 것, 서너 명이 앉아 삼십 명에게 들릴 만큼 큰소리로 떠드는 것, 식당 의자에 앉아 이를 쑤시고 입술을 칠하는 것…. 이런 행위는 TPO 원칙에 벗어나는 행동입니다. 바꾸어 말하면 이런 행위를 하지 않는 사람이 교양을 갖춘 사람입니다.

책을 읽고 학교에 다니고 하는 건 최소한의 교양을 갖추기 위해서이지만, 책을 읽고 학교에 다닌다고 누구나 교양 있는 사람이 되는 것은 아닙니다. 또한 책을 읽지 않고 학교에 다니지 않는다고 해서 교양 없는 사람이 되는 것도 아닙니다. 우리 주변엔 이른바 일류 학교를 나온 '무교양인'이 아주 많습니다. 나이가 어린 것이 무교양의 이유도 아닙니다. 어른의 무교양이 자신의 책임이라면, 어린이의 무교양은 그 아이의 양육을 책임진 어른의 무교양을 반영합니다.

저는 서울방송(SBS)에서 하는 〈우리 아이가 달라졌어요〉라는 텔레비전 프로그램을 매우 좋아합니다. 그 프로그램의 주인공은 대개 초등학교 입학 전 어린이입니다. 밥을 먹지 않는 어린이, 종일 징징대는 어린이도 있지만, 어머니 아버지나 할머니 할아버지를 때리고 방에 침을 뱉는 아이, 대소변을 가릴 수 있음에도 어른들을 당혹시키려 방바닥에 오줌이나 똥을 싸는 아이, 또래들의 장난감을 빼앗거나 폭력을 행사하는 아이, 자꾸 집 밖으로 나가는 아이, 낯선 사람을 따라가거나 낯선 사람에게 스스로 찾아가는 아이….

아이들이 보이는 문제 행동은 다양하지만, 그 아이들에겐 문제 있는 어른에게 양육된다는 공통점이 있습니다. 그러니 문제 해결에 나서는 전문가들은 비뚤어진 아이들을 바로잡으려 노력하는 것과 동시에, 그 아이들을 비뚤어지게 만든 어른들을 교육하느라 진땀을 뺍니다. 이른바 문제아로 불리는 아이들을 바로잡아도 그 아이들을 양육하는 어른들, 특히 어머니가 바뀌지 않으면 아이들은 다시 문제아가 됩니다.

오늘날 무교양한 어린이들과 젊은이들이 많은 건 바로 그런 어른들과 어머니들이 많기 때문입니다. 지식만을 강조할 뿐 무엇이 옳고 그른지, 어떻게 행동해야 하는지 가르치지 않는 부모들이 많다는 겁니다. 부모가 가르치지 못하면 주변 어른들이라도 가르쳐야 하는데, 남이 자기 자식에게 훈계하면 바로 그 사람과 싸우러 나서는 부모가 많다 보니 나서는 사람이 드뭅니다.

저는 가끔 볼썽사나운 자세로 카페에 앉아 있는 십대나 이십대에게 자세를 고쳐 달라고 부탁하는데, 그럴 때 "당신이 누군데 내게 그런 말을 하느냐?"고 하는 젊은이를 본 적이 없습니다. 열의 아홉은 알려 주어 고 맙다며 자세를 고쳐 앉습니다.

카페를 좋아하고 자주 드나드는 사람으로서 카페 이용자들이 지켰으면 하는 사항을 '카페 십계명'으로 만들어 제 블로그에 올린 적이 있습니다(www.kimheungsook.com). 그 내용은 아래와 같습니다.

1. 주문을 할 때는 직원만 들을 수 있게 말씀해 주십시오. 당신이 캬라멜 마키아토를 먹는다는 걸 카페의 모든 손님들에게 광고하지 말아 주십시오. 카페는 커피나 차를 마시며 '담소'하는 곳입니다. 부디 함께 앉은 사람이나 전화로 대화하는 상대를 향해 외치지 마십시오.

2. 신발을 벗고 카페의 의자 위에 올라 앉아 책상다리를 하지 말아 주십시오. 카페는 많은 사람들이 드나드는 공적인 장소입니다. 당신의 방이 아닙니다.

3. 카페는 식당이 아닙니다. 김밥, 순대, 떡볶이 등 커피 향기를 지우는 음식을 사다 먹지 마십시오.

4. 카페에 온 사람은 커피나 음료를 주문해 마셔야 합니다. 카페의 자리를 차지하거나 카페가 제공하는 인터넷을 사용하며 음료를 주문하지 않는 사람은 남의 공간과 서비스를 훔치는 사람입니다. 그런 사람이 많아지면 커피와 음료의 값이 오르게 되니 선의의 이용자들이 피해를 보게 됩니다.

5. 여럿이 써야 할 물품을 독점하거나 낭비하지 마십시오. 예를 들어 당신이 물주전자나 시럽병을 당신의 테이블로 가져가면 다른 사람들과 직원들이 그것을 찾아 헤매게 됩니다.

6. 카페에서는 무엇보다 커피의 맛을 음미해 주십시오. 커피의 맛을 음미하려면 가능한 한 말을 적게 해야 합니다. '음미'란 침묵 속에서 이루어지는 것이니까요.

7. 가능하면 머그잔을 이용해 주십시오. 테이크아웃을 할 때는 할 수 없지만 카페 안에서 커피를 마실 때는 일회용 컵을 사용하지 말아 주십시오. 무심코 하는 행동이 그 사람이 어떤 사람인가를 보여 줍니다. 카페에 따라서는 일회용 컵만을 사용하는 곳이 있는데, 그런 곳은 가급적 가지 마십시오. 일회용 컵은 환경에 짐이 될 뿐 아니라 커피 맛도 좋지 않게 합니다.

8. 카페를 떠날 때는 당신이 앉았던 자리를 정리해 주십시오. 의자도 원래대로 놓아 주시고 탁자 위에 흘려 놓은 설탕과 물도 쓰던 휴지로 닦아 주십시오. 당신이 머물다 떠난 곳을 보면 당신의 교양이 보입니다.

9. 어린아이들을 카페에 데려오지 마십시오. 부득이 동반해야 할 경우엔 카페에서 지켜야 할 예절을 가르친 후 오십시오. 카페는 운동장도 놀이터도 아닙니다.

10. 카페에서는 의학적으로 필요한 경우를 제외하곤 한 의자에 한 사람씩 앉아 주십시오. 사랑하는 사이라면 가급적 테이블을 사이에 두고 앉아 주십시오. 그런 상태에서 사랑 표현을 하십시오. 한 의자에 포개어 앉거나 붙어 앉아 사랑 표현을 하다 보면 둘만이 있는 방에서 할 일까지 하게 되니까요. 남들의 시선을 아랑곳 않고 사랑 표현을 하는 남녀는 그렇지 않은 남녀에 비해, 결혼하여 해로偕老하는 일이 적습니다. 연애할 때 남들의 눈을 의식하지 않던 사람은 결혼 후에도 그 버릇을 계속하니까요.

　십대까지의 교육이 중요한 건 사람의 인생관과 가치관이 그때 형성되기 때문입니다. 수행평가 점수를 잘 받기 위해 마음에도 없는 봉사를 하고, 하지도 않은 일을 한 것으로 꾸미고, 선생님에게 촌지를 주어 사랑을 사고 하는 식의 잘못된 관행을 "다 그런 거지, 뭐!" 하고 받아들이는 어머니의 자녀들은 결코 옳고 그른 것을 알 수 없습니다. 철학적인 문제에 있어서는 옳고 그른 것을 아는 것이 매우 어려운 일이지만, 지금 우리가 얘기하는 옳고 그름, 교양의 일부로서의 옳고 그름을 아는 것은 그다지 어려운 것이 아닙니다.

삼사십대 기혼 여성들이 자기계발에 쓰는 돈은 자녀 교육에 쓰는 비용의 5분의 1에 불과하다고 합니다. 자녀에 대한 관심도 좋지만 자신을 개선하기 위해 좀 더 많은 시간과 돈을 투자했으면 좋겠습니다. 어머니들은 쉴 새 없이 자녀들에게 이렇게 해라, 저렇게 해라 가르치지만, 자녀들은 부모의 가르침보다 부모의 행동을 보고 배웁니다. 자신은 책을 읽지 않으면서 자녀들에게 책 읽기를 강요하는 부모의 자녀들은 책을 싫어하며 의무적으로 읽지만, 책을 좋아하는 부모의 아이들은 책을 좋아하여 자발적으로 읽습니다. 우리나라의 어머니들이 스스로 교양을 쌓아 자녀들을 교양 있는 사람으로 키워 내길 바랍니다.

'연예공화국'에서 '부자 되세요?'

⁂

단군 이래 우리나라를 지탱해 온 이념은 '홍익인간弘益人間', 즉 '널리 세
상을 이롭게 하는 인간'이었습니다. 자연히 '콩 한 쪽도 나눠 먹는' 사람
이 훌륭한 사람으로 일컬어졌습니다. 가난도 비굴의 이유는 아니었습니
다. 쌀이 없어 밥을 못 짓는 집도 끼니때가 되면 물이라도 끓여 굴뚝으로
연기가 나가게 했습니다. 그런 허세 속에는 가난에 굴복당하지 않으려는
어머니의 패기가 있었습니다. 아무리 가난해도 자녀에게 사람의 도리를
가르치는 패기입니다. '개천에서 용 난다'라는 말이 실현될 수 있었던
건, 자본주의가 지금만큼 발달되지 않아 계급이 고착화되지 않았기 때문
이기도 하지만 바로 그런 패기가 있었기 때문입니다.

　　오늘날엔 '개천에서 용' 나는 일이 훨씬 어려워졌습니다. 빈부 격차
가 심해지고 고착화되면서 재산 규모로 인한 계급이 형성되었기 때문이
기도 하지만, 어머니들이 패기를 잃었기 때문입니다. 아무리 어려워도
이웃과 나눠야 한다, 사람다운 사람이 되어야 한다고 가르치는 어머니는

드물고, 네 것 먼저 챙겨라, 다른 아이 주지 말고 너 혼자 먹어라, 경쟁에서 이겨야 한다고 하는 어머니, 패기는 없고 계산에만 능한 어머니가 흔해졌기 때문입니다.

사회가 이렇게 된 데는 1997~98년에 발생한, 이른바 'IMF 사태'라고 불리는 금융 위기의 탓이 큽니다. 그 위기는, 자본주의 사회에서 살면서도 자본주의보다는 몸에 배인 온정주의에 젖어 있던 우리나라 국민으로 하여금 '돈의 무서움'을 몸소 체험하게 함으로써, 국민 일반의 가치관을 확 바꿨습니다. 아무리 정의롭고 똑똑한 사람도 돈이 없으면 소용없다는 믿음이 퍼졌고, '물질적 부가 최고'라고 생각하는 어머니가 많아졌습니다.

배금주의자拜金主義者들은 예전에도 있었지만 감히 배금拜金을 광고하진 못했는데, 이젠 배금이 전 국민의 슬로건이 되어 버렸습니다. 우리나라 사람들에게 가장 인기 있는 덕담은 이제 "복 많이 받으세요!"가 아니고 "부자 되세요!"입니다. '복'은 '부자'보다 훨씬 포괄적인 행운을 뜻합니다. '부자'는 돈이 많은 사람이지만, 돈만 많다고 복 많은 사람이 될 수는 없습니다. '복'이 많은 사람은 돈도 많고 다른 행복의 조건도 갖춘 사람입니다. "복 많이 받으세요!"가 "부자 되세요!"로 바뀌었다는 건, 포괄적 행복을 추구하던 우리 사회가 재물의 넉넉함이라는 부분적 성취에 집착하게 되었다는 뜻이기도 합니다.

그러다 보니 '훌륭한 사람'이라는 포괄적 목표와 그 목표를 이루기 위한 수단의 하나로 강조되던 공부도 부자가 되기 위한 수단으로만 강조되고 있습니다. 예의를 모르고 염치가 없어도, 이기적이고 거짓말을 잘해도, 공부만 잘하면 상관없다는 풍조가 만연합니다. 오죽하면 평생 고등학교에서 가르쳐 온 교사가 "성적과 인간성은 반비례한다!"고 자신 있게 말하겠습니까?

'부자'가 되는 것이 지상至上의 목표가 되면서 어떻게 하면 빨리 돈을 버는가가 중요하게 되었습니다. 의사가 되면 돈을 잘 벌 수 있다는 믿음 때문에 자녀를 의과대학에 진학시키는 것이 어머니들의 꿈이 되었습니다. 의사 중에도 성형외과나 피부과 의사의 수입이 좋다는 소문이 퍼지면서 그 과에 수련의들이 몰리는 바람에 흉부외과나 심장외과, 내과 같은 과는 수련의 부족으로 골치를 앓고 있습니다.

연예인이 되면 큰돈을 벌 수 있다는 사실이 알려지면서, 자녀를 연예인으로 만들려는 어머니도 빠른 속도로 늘었습니다. 그런 어머니가 많아지니 연예인을 희망하는 아이들도 늘어납니다. 한 케이블 채널이 조사한 것을 보면 12세 이하 어린이의 67퍼센트가 장래 희망 직업으로 연예인을 꼽았다고 합니다. 결과적으로 우리나라는 수백 개의 연예 기획사가 성업 중인 '연예공화국'이 되었습니다. 미국처럼 자본주의가 오래된 나라에도 연예인이 많고 그들의 수입은 천문학적이지만, 연예인이 되려고 하는 사람은 우리처럼 많지 않습니다. 그건 우리보다 훨씬 긴 시간 동안 자본주의 사회에서 터득한 가치관, '돈은 중요하지만 돈이 다는 아니다' 라고 생각하는 가치관 때문일 겁니다.

가치관의 변화는 교육을 통해 두드러지게 나타납니다. 이제 우리나라에서는 정의와 정직을 가르치는 어머니들보다, 무슨 수를 쓰든 성적만 올리면 된다고 생각하는 어머니들, 성적만 좋으면 '사람이 되지 않아도 좋다'고 생각하는 어머니들을 만나기가 더 쉬워졌습니다. 친구의 자녀와 자신의 자녀를 비교하며 야단치는 어머니들이 늘어나면서 '엄친아(엄마 친구 아들)'와 '엄친딸(엄마 친구 딸)' 같은 용어도 생겨났습니다. "엄마 친구 아들(딸)은 성적도 좋고, 엄마 말도 잘 듣고, 못하는 게 없는데, 너는 뭐냐?"는 식의 힐난에 쓰이는 단어입니다. '이상한 똑똑이' 얘기도 있습니다. 특목고를 나와 서울대학교에 진학하고 졸업과 함께 하버드대학교 대학원에 가게 된 '엄친아'가, 운동화 끈이 풀어지자 묶지 못하더라는 겁니다. 아들의 인생에서 가장 중요한 건 공부라고 생각한 부모가 운동화 끈 묶기처럼 '사소한' 일들을 도맡아 해 준 탓입니다.

몇 년 전 극장가를 휩쓴 좋은 영화 중에 〈캐스트 어웨이Cast Away〉가 있습니다. 주인공은 뉴욕, 즉 가장 발전된 문명 도시에서 살다가 비행기 추락으로 인해 무인도에 정착합니다. 4년 동안이나 홀로 자연에 적응하며 살던 그는 마침내 자신이 만든 뗏목을 타고 섬에서 탈출, 문명 세계로 돌아갑니다.

영국 작가 대니얼 디포가 1719년에 출판한 소설 《로빈슨 크루소》와 비교하면 문명 세계를 떠났다가 돌아간다는 공통점이 있지만, 로빈슨 크루소가 살던 섬엔 아메리칸 인디언들이 있었고 그곳에서 산 기간도 28년이나 되었습니다. 만일 〈캐스트 어웨이〉의 주인공이 문명 세계로 돌아오는 기간을 28년으로 했다면 그 영화는 그렇게 세계적 흥행을 누리지 못했을 겁니다. 21세기의 관객들은 그렇게 긴 세월 후에 다시 문명 세계로 돌아올 수 있다는 설정에 공감할 수 없을 테니까요. 〈캐스트 어웨이〉에서 주인공이 도시를 떠나 산 것은 겨우 4년이지만, 요즘 젊은 세대 대부분은 '4년'도 버티기 불가능한 시간이라고 생각할 것입니다.

어쩌면 이 영화에서 문명 세계는 되풀이되는 일상에 대한 은유이고, 문명 이전의 세계는 일상이 깨어진 후의 상황에 대한 은유일지 모릅니다. 그렇게 보면 이 영화는 시나리오를 쓴 윌리엄 브로일스 주니어William Dodson Broyles, Jr.가 관객에게 던지는 질문입니다. "당신의 일상이 깨어져 전혀 낯선 상황에 놓였을 때 당신은 살아남을 수 있느냐? 살아남을 자신이 있느냐?"고 묻고 있는 것이지요.

과연 지금 우리나라에서 브로일스의 질문에 자신 있게 "나는 살아남을 자신이 있다."고 대답할 수 있는 사람이 얼마나 될까요? 과연 오늘날 우리 어머니들은 자녀들이 급작스런 상황 변화에 적응할 수 있게 교

육하고 있을까요? 운동화 끈도 묶지 못하는 스무 살 우등생이 낯선 상황
에서 살아남을 수 있을까요?

어머니 노릇

요즘 어머니들 중엔 '최고의 아들과 딸'에 대해 그릇된 사고를 하는 사람들이 아주 많습니다. '최고'라는 말은 '여럿 중에서 가장 뛰어나다'는 뜻이니, 그 단어 속에는 이미 상대평가적 가치가 내재되어 있습니다. 그러니 어머니들이 늘 자기 아이와 남의 아이, 자기 아이 중에도 이 아이와 저 아이를 끊임없이 비교하는 건 당연합니다. 초등학생 어머니들이 모인 자리든, 고등학생 어머니들이 모인 자리든, 화제는 처음부터 끝까지 아이들의 성적을 벗어나지 못합니다. 이른바 '얼짱'을 만들기 위해 스무 살도 안 된 아들과 딸을 성형외과와 피부과에 데리고 다니는 어머니들도 부지기수입니다. 자신에 대한 긍지, 삶에서 느끼는 기쁨이 적은 사람일수록 아이를 '최고'로 만들기 위해 몸부림칩니다.

어머니들이 자녀를 교육하는 방식 또한 매우 비슷합니다. 부유한 어머니들은 수업료가 비싼 학원에 보내고 가난한 어머니들은 싼 학원에 보내는 것이 다를 뿐입니다. 그러나 남들이 다 가는 길로 가는 사람이

'최고'가 될 수는 없습니다. 벽돌 찍는 틀과 같은 일상에 길들여진 아이는 뛰어난 사람이 되지 못합니다. 어머니가 시키는 대로 성실하게 공부하여 좋은 점수를 받은 아이들은, 어머니의 바람대로 의대를 가고 법대를 갑니다. 문제는 그 아이들이 무엇을 해야 할지 모른다는 겁니다. 의사란 사람을 살리는 직업이며 법조인은 정의를 추구하는 직업이라는 것조차 모른다는 겁니다. 이십 년에 이르는 상대평가에서 승리한 아이들이 자신이 인생에서 원하는 게 무엇인지, 지금 자신이 하는 일을 왜 하는지도 모르다니요?

더 놀라운 건 많은 젊은이들이 그것을 알려는 노력조차 하지 않는 것입니다. 그냥 어머니가 가르쳐 주는 대로, 유복한 집의 자녀를 배우자로 삼고, 친구들보다 좀 더 큰 아파트에 살면서 큰 차를 몰고 다니면 행복한 것이라고 스스로를 설득합니다.

그러나 지적인 사람일수록 자신을 설득하기 힘이 듭니다. 특히 죽음의 그림자가 점차 커지는 중년에는 누구라도 근본적인 질문을 피할 수가 없습니다. 육체적 능력이 저하되고 이픈 곳이 많아지면 사유의 시간 또한 늘어나게 되니까요. '사는 게 무얼까?' '어떻게 사는 게 옳은가?' '이게 정말 가치 있는 삶인가?' 십대와 이십대에 씨름했어야 할 질문들이 사십대, 오십대에 찾아옵니다. 이런 질문의 답은 하루아침에 얻어지지 않지만, 단순한 삶에 길들여진 많은 사람들은 빠른 답을 찾습니다. 학창 시절 공식을 외워 좋은 성적을 따던 사람들일수록 공식 같은 답에 **빠**져듭니다. 바로 종교입니다.

제도화된 종교란 삶에 대한 질문에 대해 남들이 마련해서 계승해온 해답입니다. 대부분의 사람들, 특히 사유 능력을 잃어버린 상대평가의 고수들은 수학 공식을 받아들이듯 의문 없이 종교를 받아들입니다.

그러나 인간의 위대함은 의심과 의문이라는 씨앗에서 피어나는 꽃입니다. 수학 공식을 외우라는 어머니에게 "왜, 이걸 외워야 하죠?"라고 묻는 아이가, 묻지 않고 외우는 아이보다 인류에 공헌할 가능성이 높습니다. 인류의 역사는 질문하는 사람들의 역사니까요.

동물의 세계에서 '최고'는 자신에게 주어진 조건을 의심 없이 받아들이며 동족을 제압하는, 즉 상대평가에서 이기는 동물이 차지하지만, 인간의 세계에서 '최고'는 자신에게 주어진 조건을 의심하고 그것을 깨뜨리려는 사람만이 도달할 수 있습니다.

인간의 위대함은 얼핏 무모해 보이는 절대와의 싸움에서 발현發顯됩니다. 위인은 모두 상대평가에서 이기려 애쓰는 대신 절대와 싸운 사람들입니다. 자녀들에게 위인전을 읽으라고 강요하는 어머니들이 많은 걸 보면, 어머니 노릇을 잘 못하고 있는 어머니들의 무의식 속에도 옳은 삶에 대한 향수가 남아 있는 것 같습니다. 다른 동물의 어미는 새끼를 먹이고 보호하면 되지만, 인간의 어머니는 자기 자녀가 갖고 있는 가능성을 발견해 그것을 발휘할 수 있게 격려하고 도와야 합니다. 그 역할은 때로는 여성적이고 때로는 남성적인, 때로는 섬세하고 때로는 강인하며, 때로는 눈물을 흘리고 때로는 이를 악무는, 모든 것을 해내고 모든 것을 참도록 요구합니다. 그렇기 때문에 '어머니' 노릇은 '우먼에서 휴먼으로' 갈 수 있는 절호의 기회를 제공합니다. 또 바로 그렇기 때문에 너무 '여성적인' 어머니는 훌륭한 어머니가 되기 어렵습니다.

여성적인, 너무나 여성적인

'여성적'이라는 단어의 뜻을 인터넷 '다음Daum 국어사전'에서 찾아보니 "여성의 성질을 지닌. 또는 그런 것."이라고 나와 있습니다. 그렇다면 '여성의 성질'은 무엇일까요? 그 의미를 알기 위해 예문을 봅니다. "소인배 같기도 하고 여성적으로도 느껴지는 모습이었다."는 예문은 박경리의 대하소설《토지》에서 따온 것이라고 합니다. 또 하나의 예문은 "사내의 너무 여성적인 목소리 때문에 나는 자칫 사내에 대한 어떤 경계를 풀고 '킥' 하고 웃음을 터뜨릴 뻔했다."입니다. 송기원의《월문리에서》에서 따왔다고 합니다.

두 예문 속 쓰임새로 미루어 볼 때 '여성적'의 의미는 그다지 좋아 보이지 않습니다. 제가 가지고 있는 민중서림의《엣센스 국어사전》에는 '여성적'이라는 단어가 아예 없습니다. 검색엔진 구글에 'feminine'이라고 써 넣으니 '여성의; 여성다운(womanly); 상냥한, 연약한'이라고 나옵니다. 용례에는 'feminine beauty(여성미)' 'feminine dress(부인복)'라고 쓰여 있습니다. 'feminine'에는 또 '(남자가) 여자 같은, 나약한'의 의미도 있는데, 이것은 다분히 '경멸적인' 의미를 품고 있다고 합니다. 예문으로 'man with a feminine walk(여자같이 걷는 남자)'가 보입니다.

보통 사람들이 '여성적'이라고 할 때 뜻하는 것은 '남성적'의 반대입니다. 대개 상냥하고 부드러우며 다정하고 친절하며 예민한가 하면, 나약하고 의존적이며 감정의 기복이 심한 성향을 말합니다. 이렇게 써놓고 보니 왜 '너무 여성적인 어머니'는 좋은 어머니가 될 수 없는지 쉽게 이해가 됩니다.

성 역할이 분명한 가정에서 어머니가 여성을 넘어서는 건 쉬운 일이 아닙니다. 이른바 여자가 해야 할 일의 수레바퀴가 끝없이 여성성을 강요하기 때문입니다. 밥하고 빨래하고 청소하고 학교 어머니회에 나가고 하는, 전통적 여성의 역할에서 받는 스트레스를 푸는 방법도 쇼핑, 수다 등 이른바 여성적인 방법이 많습니다. 재미있는 건 여성성을 강요하는 바로 그 어머니라는 역할 속에 여성성을 벗어날 기회가 있다는 겁니다. 훌륭한 어머니는 여성 이상이 되어야 하기 때문입니다.

가장 훌륭한 어머니는 자녀들이 어머니 없이도 잘 살 수 있게 키우는 사람입니다. 그런 어머니가 되기 위해 해야 할 일은 무엇보다 자녀를 깊이 사랑하는 것이고, 사랑한다는 건 자녀가 어떤 잠재력을 가지고 있는지 파악하여 그 잠재력을 최대한 꽃 피울 수 있게 돕는 일입니다. 잠재력을 파악하려면 정확하게 보아야 하고, 정확하게 보려면 여성의 시각도 남성의 시각도 아닌 자유로운 시각, 선입견이나 고정관념 없는 시각으로 보아야 합니다.

제 어머니 또래 여성들은 대개 그들의 어머니, 또 그 어머니의 어머니들로부터 물려받은 여성적 가치관에 젖어 살았으니, 당연히 그 가치관을 저희 세대에도 물려주려 했습니다.

대학 졸업이 가까워 올 무렵, 저는 두 가지 직업을 두고 고민했습니다. 당시엔 요즘처럼 어려운 교원 임용 고사를 거치지 않아도, 교직 과목을 이수하거나 사범대학에 다니면 교사가 될 수 있었습니다. 저는 교직 과목을 이수하고 일선 학교에 나가 교생 실습도 했기 때문에 2급 정교사 자격증을 받게 되어 있었습니다. 그런가 하면 우연히 치른 신문사 시험에 운 좋게 합격하여 신문기자로 일할 수도 있었습니다.

교사와 기자, 두 가지를 놓고 고민하는 제게 어머니는 "여자가 무슨 기자니? 여자한텐 선생이 제일이야!"라고 말씀하셨습니다. 저는 신문기자가 무슨 일을 하는지는 구체적으로 몰랐지만, 교사가 하는 일은 대충 알고 있었습니다. 교생 실습을 통해 교사들의 생활을 가까이에서 지켜볼 수 있었으니까요. 저 자신과 두 직업의 성격에 대해 곰곰 생각하니 의외로 쉽게 결론이 나왔습니다. 교사들의 일을 크게 나누면 가르치는 일과 행정적인 일이었는데, 저는 그 두 가지 일 모두 좋아하지 않았으니까요.

그렇게 해서 기자가 되었지만, 어쩌면 제가 기자가 되기로 결정한 데엔 어머니의 고정관념에 대한 반발이 있었을지도 모릅니다. "여자가 무슨 그런 일을 하느냐? 여자는 이런 일을 해야 한다."는 식의 말은 언제나 반발을 일으켰으니까요. 그러나 어머니가 그런 생각을 갖게 된 건 어머니만의 잘못이 아닙니다. 그건 어머니의 시대를 지배하던 생각이니까요.

'여성성'을 강조하는 어머니로 인해 속상해하는 친구들, '여성적인' 어머니로부터 상처받은 사람들, 모두 어머니의 시대와 자신의 시대, 그 차이를 생각하며 스스로 상처를 치유했으면 좋겠습니다. 중요한 것은 변화된 시대에 사는 우리들이 어머니 시대의 잘못된 고정관념을 이어받지 않는 것입니다. 부모 노릇 또는 조부모 노릇을 하고 있는 제 또래들 중에도 '손녀에겐 분홍 옷, 손자에겐 파랑 옷' '손녀에겐 인형, 손자에겐 자동차' 하거나, '아들이니까' '딸이니까' 같은 말을 하는 사람들이 있습니다. 부모 세대의 고정관념을 그대로 물려받은 겁니다. 그러다가 자신이 받은 상처를 자녀에게 물려주지나 않을까 저어됩니다.

1980년대까지만 해도 우리나라 어머니들은 정직과 정의를 가르쳤습니다. 당시 어머니들은 오늘날의 어머니들보다 학력 수준은 낮았지만 삶에서 중요한 게 뭔지는 더 정확히 알고 있었던 것 같습니다.

제가 초등학교 3학년 무렵 부엌 찬장 서랍에 어머니가 넣어 두신 동전을 꺼내어 만화방에 간 적이 있습니다. 동전이 꽤 많았기 때문에 하나쯤 없어져도 모르실 거라 생각했습니다. 아직 용돈이라는 게 없었고, 책은 권장해도 만화는 금지하는 부모님이 오히려 만화에 대한 호기심을 부추겨 몹시 보고 싶었습니다.

동전을 내자 만화방 아저씨가 열다섯 권쯤 골라 보라고 했던 것 같습니다. 처음 저지른 범죄로 인해 마음 한편이 두근두근했지만, 눈이 얼굴의 절반가량을 차지하는 소녀들이 나오는 순정만화를 잔뜩 골랐습니다. 좁고 긴, 등받이 없는 나무 의자에 만화책을 잔뜩 쌓아 놓고 앉으니 그렇게 뿌듯할 수 없었습니다. 첫 권을 펼쳐 서너 장 읽었을 때 만화방의 미닫이문이 드르륵 열리더니 주인아저씨가 누군가와 낮은 목소리로 얘기를 주고받았습니다. 만화방이 기역자로 휘어 있어 아저씨와 얘기하는 사람이 누구인지 보이진 않았지만, 직감적으로 저희 어머니라는 걸 알 수 있었습니다. 어머니가 뛰어 들어와 저를 끌어내기 전에 얼른 일어서서 입구로 갔습니다. 아니나 다를까, 만화방 유리문 밖에 어머니가 무서운 얼굴로 서 계셨습니다. 문 밖으로 나가 어머니 앞에 고개를 숙이자 어머니가 물었습니다.

"다 봤어?"

"… 아니."

"돈 아까워. 다 보고 나와."

참 무서운 어머니지요? 아무 말 않고 앞장을 섰습니다. 그야말로

'도살장에 끌려가는 소'의 심정이었지요. 집에 도착하자마자 안방으로 들어갔습니다. 어머니가 회초리를 찾으러 간 사이 저는 낮은 가구와 벽 사이, 저 한 사람이 들어가면 딱 맞을 공간으로 들어가 섰습니다. 어머니는 "나는 도둑년을 낳은 적도 없고 기른 적도 없다."며 회초리를 휘두르셨고, 저는 몸을 조금씩 돌려 가며 골고루 매를 맞았습니다.

그 일은 어머니와 제게 매우 깊은, 그러나 아주 다른 영향을 끼쳤습니다. 어머니는 그때부터 저를 의심의 눈초리로 보기 시작했고, 저는 그때부터 '필요 이상'으로 정직한 사람이 되었으니까요. 사람들은 "너무 정직하면 세상 살아가기 힘들어. 너무 까칠하게 굴지 마." 하고 말을 하지만, 그래도 정직은 변치 않는 덕목입니다. 게다가 요즘은 참말을 하는 사람이 적다 보니, 참말을 해도 거짓말로 받아들이는 사람들이 많습니다. 제 경험으로는, 참말이야말로 온갖 거짓말로 머리 쓰며 살아가는 사람들에게 맞서는 가장 효과적인 무기입니다. 참말은 아무런 준비 없이 그냥 있는 일을 얘기하는 것이니, 기억해 두기 위해 애쓸 필요도 없고 합리화하기 위해 머리를 쓸 필요도 없습니다. 가끔 사람들과 얘기를 나누다 보면, 그 사람의 입에서 나오는 말과 상관없이 그 사람의 머리가 작동 중이라는 느낌이 듭니다. 자꾸 그렇게 머리를 쓰며 살면 나이 들어 복잡한 얼굴을 갖게 됩니다. 누구든 나이 들다 보면 결국은 마음 풍경이 얼굴로 드러나게 되니까요.

'아름다움은 보는 사람의 눈 속에 있다.'

얼굴 얘기가 나왔으니 성형수술에 대해 언급하지 않을 수가 없습니다. 이른바 '아이돌' 그룹의 일원인 22세의 청년이 텔레비전에 나와 "솔직히 말해야 하는 것 아니냐? 눈 코 이마 다 고쳤다."고 하는 것을 보았습니다. 처음엔 코만 성형했으나 아직 부족하다는 어머니의 말에 눈까지 손을 댔고, 결국 이마까지 했다고 고백했습니다. 또 다른 프로그램에선 5인조 여성 트로트 그룹이 총 27회의 성형수술을 했다고 밝혀 뉴스가 되기도 했습니다.

1990년대까지만 해도 쉬쉬 하던 성형수술 사실을 이젠 아무렇지도 않게 밝히는 사람들이 있습니다. 그 사실을 밝히는 게 솔직한 것이고, 솔직한 것은 좋은 거라고 생각하는 사람들이 많아지고 있기 때문입니다. 그러나 어떤 행위를 했다고 '솔직하게' 밝힌다고 해서 그 행위가 옳은 것이나 좋은 것이 되는 것은 아닙니다.

성형수술은 이제 이 나라의 전 연령층에서 가장 광범위하게 이루어지는 수술이 되었고, 전 세계가 인정하는 한국 사회의 특징 중 하나가 되었습니다. 젊은 연예인들만이 아니라 저와 함께 나이 들어 가는 이들, 저보다 더 윗세대 어른들까지 성형을 하고 있으니까요. 물론 여기서 얘기하는 성형수술은 화상火傷으로 인한 흉터나 기형畸形을 바로잡고자 하는 수술을 제외한 이른바 미용 성형수술입니다.

사람들이 성형을 하는 것은 사회가 잘생긴 사람만을 편애하기 때문이니 성형하는 사람들을 욕할 수 없다는 의견도 있습니다. 사실 우리나라처럼 사람의 외모를 중시하는 나라도 많지 않을 것입니다. 예전에 인물을 선택할 때 보던 네 가지 조건 '신언서판身言書判(신수, 말씨, 문필, 판단력)'에도 외모를 뜻하는 신수가 들어 있고, "고사상에 놓는 돼지도 얼굴 보고 잡는다."는 말이 있습니다. 요즘 직장을 구할 때는 면접이 매우 중요한 비중을 차지하는데, 특히 여성의 경우 외모가 결정적 변수가 된다고 합니다. 저희 어머니는 가끔 시대가 변했어도 여자는 예쁘지 않으면 소용없다고 얘기하십니다. 어머니 친구의 손녀가 산업디자이너인데, 그 분야에서 알아주는 대학에서 4년 내내 장학금을 받으며 공부했고 공모전에도 여러 차례 입선했지만, 막상 학교를 졸업하고 큰 회사에 들어가려 하니 뽑아 주는 회사가 없었다고 합니다. 그래서 하는 수 없이 작은 회사에 다니다가 "강남에 있는 성형외과에서 돈을 많이 들여 수술을 했더니" 큰 회사로 옮길 수 있었다고 합니다.

어머니의 주장이 사실이라면 참 한심한 일입니다. 저도 면접관 자격으로 젊은이들을 만나 본 적이 있지만, 외모는 개성일 뿐 기준은 아닙니다. 세상엔 다양한 얼굴과 몸이 있고, 그 얼굴과 몸마다 담긴 생각이 다르니 재미있는 것 아닙니까? 어느 나라, 어느 사회든 사람을 채용할 때 외모를 전혀 보지 않는 회사는 없을 것입니다. 하지만 키 큰 패션모델이 필요할 때 키 작은 사람을 뽑지 않는 건 상관없으나, 실력 있는 산업디자이너라 해도 얼굴이 예쁘지 않으면 뽑지 않겠다고 하는 건 시대착오적이며 부당한 처사입니다.

저희 어머니처럼, 수술을 해서 외모가 나아지면 더 나은 직장에 들어갈 수 있다고 믿는 사람들이 많지만, 실제는 별로 그렇지 않다는 연구 결과도 있습니다. 서울대 경제학부 류근관 교수와 미국 메릴랜드주립대 경제학과 이수형 교수가 결혼정보회사 ㈜선우의 회원 2만 689명의 외모와 다른 변수를 고려해 조사·분석해서 쓴 논문 〈성형수술의 경제적 가치는 얼마인가〉에 따르면, 성형수술은 평균적으로 남성 임금의 0.1퍼센트, 여성 임금의 1.5퍼센트를 상승시키는 것으로 추산됩니다. 평균 수술 비용을 700만 원, 한국인의 평균 소득을 3,200만 원으로 볼 때, 성형 비용을 회수하는 데 보통 30년 이상이 걸리며, 성형 효과를 아주 크게 본 경우에만 6년 안에 비용 회수가 가능하다고 합니다.

잘못된 사회 풍조가 성형수술을 유행시킨다고 믿는 사람들 못지않게, 많은 사람들은 성형수술의 이유를 개인의 불안 심리나 허영심에서 찾습니다. 엠티비MTV의 인기 있는 리얼리티 쇼 〈힐스Hills〉에 출연해 유명해진 하이디 몬태그는 코, 입술, 가슴, 엉덩이 등에 여러 차례의 수술을 받았는데, 2009년 11월에는 눈썹, 턱, 귀, 가슴 등 열 군데 수술을 하루에 받아 유명해졌습니다. 그녀는 1986년생으로 겨우 스물네 살입니다.

브라질에서 태어나 미국에서 모델, 배우, 가수로 활동하는 셰일라 허시는 열여덟 차례나 성형수술을 받았다고 합니다. 코, 입술, 엉덩이도 수술을 했지만 열두 번은 가슴을 키우기 위한 수술이었고, 그 결과 그녀는 세계에서 가장 큰 가슴(38KKK)의 소유자로 브라질판 기네스북에 올랐다고 합니다. 그러나 그녀는 2010년 6월에 마지막으로 받은 가슴 확대 시술 과정에서 포도상구균에 감염이 되었고, 9월에는 임플란트한 가슴을 제거하는 수술을 받았습니다.

재미있는 건 외모의 상대성입니다. 미추美醜를 가리는 사람의 눈은 동서고금을 막론하고 주관적입니다. 아마도 그래서 '제 눈에 안경'이라는 우리 속담이 있고, "Beauty is in the eyes of the beholder(아름다움은 보는 사람의 눈 속에 있다)."라는 영어 속담도 있을 겁니다. 바로 그렇기 때문에 남들의 기준에 크게 영향 받을 필요가 없습니다. 남들이 예쁘다 하지 않는다고 기죽을 필요도 없고, 남들이 예쁘다 한다고 좋아할 필요도 없

습니다. 어려서부터 예쁘다는 말을 들으며 자란 사람 중엔 자신이 가진
재능을 계발하지 않는 사람이 많습니다. 모든 장점은 단점이 될 수 있고,
단점은 장점이 될 수 있습니다.

얼굴은 구두와 같습니다

얼굴은 구두와 같습니다. 구두가 처음 나올 때는 디자이너가 만든 대로이지만, 신기 시작하면 신는 사람이 어떻게 신는가에 따라 모양이 달라집니다. 똑같은 재질로 만든 구두라 해도, 함부로 신고 다니며 아무렇게나 간수하면 형편없는 모양새가 되고, 점잖게 걸어 다니며 잘 간수하면 시간이 흘러 낡아도 모양이 흉해지지 않습니다. 얼굴도 마찬가지입니다. 타고난 이목구비가 비슷하다 해도, 어떤 표정을 짓는가, 어떤 마음을 갖는가에 따라 시간이 흐른 후엔 아주 다른 얼굴이 됩니다.

이탈리아 화가 레오나르도 다 빈치Leonardo da Vinci(1452~1519)의 그림 〈최후의 만찬The Last Supper〉 이야기야말로 삶의 방식과 얼굴의 변화에 대한 성찰을 요구합니다. 다 빈치는 예수의 모델이 되어 줄 사람을 찾다가 순수한 얼굴의 빵 굽는 청년을 발견했는데, 그는 당시 열아홉 살이었습니다. 몇 년 후 다시 유다(예수의 열두 제자 중 하나로 예수를 배반한 사람)의 모델이 되어 줄 사람을 찾던 다 빈치는 매우 험상궂은 얼굴을 발견해 모델로 삼았는데, 알고 보니 바로 몇 해 전 예수의 모델을 했던 사람이었다는 겁니다.

이목구비는 반듯해도 표정이 무서워 접근하기 싫은 사람이 있는가 하면, 미인은 아닌데도 다가가 말을 걸고 싶은 사람이 있습니다. 자신의 얼굴이 어느 편인지 알고 싶으면 거리에 나가 보면 됩니다. 누군가 다가와 길을 물으면 '아직 내 얼굴이 그렇게 무서워 보이는 건 아니구나' 하고 마음을 놓아도 됩니다. 길을 모르는 듯 두리번거리는 사람이, 바로 옆에 있는 나를 두고 저만치 있는 사람에게 가서 길을 묻는다면, 반성해야 합니다. 분명 내 얼굴이 쌀쌀맞게 보였거나 무서워 보였을 테니까요.

자신의 얼굴이 마음에 들지 않아 성형을 하고 싶은 사람이라면 성형외과를 찾기 전에 한 달 동안만 하루에 삼십 분씩 거울을 보며 웃어 보기 바랍니다. 아무 이유 없이 웃으려면 쑥스러울 테니, 자신의 외모나 성격에서 칭찬할 만한 부분을 찾아 칭찬하며 웃는 겁니다. 예를 들어 눈은 작지만 시력이 좋은 사람이라면 거울 속의 내게 이렇게 말하는 겁니다. "내 눈은 작으니 먼지가 들어갈 염려도 적구나. 시력이 나쁜 사람들은 안경 맞추랴 콘택트렌즈 하랴 피곤하고 돈도 많이 든다는데, 나는 눈이 좋으니 밤하늘의 별도 잘 보이고 안경이나 렌즈에 돈 쓸 필요도 없구나." 저처럼 입이 작은 사람이라면, "입이 큰 사람은 대개 많이 먹던데 나는 입이 작으니 조금만 먹어도 되고, 입술연지도 조금만 바르면 되니 경제적이구나." 하고 생각할 수 있습니다. 이렇게 한 달 동안 스스로를 북돋워 주다 보면 반드시 얼굴이 변하고, 더불어 사람들이 나를 대하는 태도도 변한다는 걸 느끼게 될 겁니다.

젊어 보이기 위해, 예뻐 보이기 위해 피부과와 성형외과를 자기 집처럼 드나드는 사람들에게는 안된 말이지만, 사람은 누구나 늙습니다. 아무리 예쁜 사람도 할머니가 되고 할아버지가 됩니다. 노화는 제일 먼저 눈(시각)에서 시작되어 귀(청각)로, 코(후각)로, 입(미각)으로 간다고 합니다. 노화가 시작된 눈은 시력도 나빠지지만 눈꺼풀도 내려옵니다. 아주 심하게 처져 앞이 보이지 않게 되면 안과에서 수술을 받아야 하지만, 대부분의 경우엔 처지는 눈꺼풀로 인해 눈이 젊은 시절보다 작아지긴 해도 수술을 받아야 할 정도로 심하지는 않습니다. 그런데 요즘 왕눈이들이 각광을 받다 보니 중년, 노년 여성들도 눈꺼풀이 처져 눈이 작아지는 것을 견디지 못합니다. 주변의 나이 든 여성들이 사나워 보이는 건 주로 눈 처짐을 지우기 위해 쌍꺼풀 수술을 받았기 때문입니다. 처진 눈꺼풀을 수술로 해결한 노인들이 공통적으로 겪는 고통 한 가지는 눈부심입니다. 처진 눈꺼풀은 자연적으로 커튼 노릇을 해 주어 약해진 눈을 보호했는데, 그 커튼을 인공적으로 걷어 올리니 눈이 햇빛을 감당하지 못하는 겁니다. 게다가 치켜진 눈꺼풀은 당분간은 올라가 있지만 시간이 흘러 노화가 더 진행되면 다시 처지기 시작합니다.

눈이 가까운 것과 작은 것은 보지 못하고 먼 것과 큰 것만을 볼 수 있게 되는 건, 가까운 것과 작은 것 대신 먼 것과 큰 것을 보며 살 때가 되었기 때문일 겁니다. 신문의 큰 글씨만 보이고 작은 글씨는 보이지 않는다면, 굳이 작은 글씨를 보기 위해 인상을 쓰지 말고 큰 글씨만 듬성듬성 보아 넘기면 어떨까요? 책도 깨알 같은 글씨로 쓰인 사전 같은 것은 그만두고 큰 글씨가 곁들여진 만화 같은 것을 보면 좋겠지요. 화장품 용기에 쓰여 있는 점 같은 글씨를 읽을 수 없다고 손녀들에게 읽어 달라고 하는 할머니들이 이제 이런 작은 글씨 따위에 신경 쓸 때는 지났다, 이젠 예전처럼 공들여 화장품을 바르지 않아도 된다고 생각했으면 좋겠습니다.

여성의 눈꺼풀이 처지고 주름이 생기기 시작하는 건 대개 폐경이 되면서부터입니다. 생물학적으로 말하자면 월경이 아주 끝나 임신을 할 수 없게 될 때, 즉 '암컷으로서의 삶'이 끝날 때부터라는 뜻입니다. 다른 말로 하면 '수컷과 짝짓기를 하여 후손을 퍼뜨려야 할' 시간이 끝났음을, 바야흐로 겉모습에 집착할 필요가 없는 시대가 왔음을 뜻합니다. 화장을 옅게 한 중년과 노인이 화장을 짙게 한 중년과 노인보다 기품 있게 보이는 건, 짙은 화장은 '가임기 여성'에게나 어울리는 것이기 때문입니다. 의상도 마찬가지입니다. 젊어서는 화려하고 장식적인 옷을 입던 사람이라 해도 나이 들어 가면서는 담담하고 단순한 옷을 입어야 품위 있게 보입니다. 폐경기 후의 여성들 중엔 노화가 여성적 아름다움을 빼앗아 간다며 더욱 화려한 옷을 입고 진하게 화장하는 사람들이 있는데, 그것은 스스로 품위를 손상시키는 행위입니다.

결혼과 비혼

제가 대학에서 만나 존경하게 된 김옥길 선생(1921~1990)은 늘 "떳떳한 사람이 돼라."고 말씀했습니다. 그때는 '떳떳한'의 뜻도 잘 몰랐고, '떳떳한 사람'이 되는 게 얼마나 어려운 일인지도 몰랐습니다. 나이가 들어 갈수록 '떳떳한 사람'으로 살기가 얼마나 어려운 일인지를 알게 되고, 떳떳하게 살다가 죽고 싶다는 생각이 듭니다. 아, 그러고 보니 김 선생이야말로 '우먼'으로 태어났으나 '휴먼'으로 살다 가신 분입니다. 저는 지금도 선생과의 첫 만남을 기억합니다.

저는 그때 그 학교를 둘러싼 무수한 소문 때문에 합격을 하고도 썩 기쁘지 않았습니다. 소문에 따르면, 그 학교는 일종의 신부 학교로 교육 목표는 졸업생들로 하여금 부잣집으로 시집가게 하는 것이며, 학교 앞에는 백여 개의 양장점과 수십 개의 미장원이 있다고 했습니다. 저는 경제적 여유가 별로 없는 집안 출신에 결혼은 하지 않겠다고 마음먹은 데다 재수까지 하고도 처음에 가려 했던 학교를 가지 못한 상태였으니, 우울하고 냉소적인 기분으로 입학식에 갔습니다. 식이 시작되고 총장이 소개되자 한복 차림의 김 선생이 마이크 앞에 섰습니다. 저고리는 전통적 모양새였고 치마는 짧은 통치마, 아래 위가 모두 회색 계열이었던 걸로 기억합니다. 선생이 사용했던 단어들이 정확하게 떠오르진 않지만 말씀의 요지는 이랬습니다.

"이곳에는, 아침 일찍 추운 방에서 일어나 언 물을 깨뜨려 밥을 지어 동생과 나누어 먹고 온 사람도 있을 것이고, 일하는 사람이 차려 준 밥을 침대에 앉아 먹고 온 사람도 있을 것이다. 하지만 이 학교의 문을 들어서는 순간 여러분은 똑같은 이 학교 학생이다."

선생은 또 이렇게 말씀했습니다.

"이 학교는 이 사회와 이 나라의 사랑으로 이만큼 성장했다. 그러니 이 학교에 다니는 사람은 늘 이 사회와 나라를 위해 무엇을 할 것인가 생각해야 한다."

그 말씀은 제게 크나큰 충격이었습니다. '부자를 꿈꾸는 부자들의 학교' 입학식에서 처음 들은 말이 '평등과 사회적 책임'이었으니까요. 선생의 말씀을 들으며 어머니가 앉아 있던 학부모석을 돌아보았습니다. 저희 어머니야말로 '언 물을 깨뜨려 밥을 지어' 먹는 고통을 누구보다 잘 아는 분이니까요. 아니나 다를까, 어머니의 눈은 차마 흐르지 못한 눈물을 담고 반짝이고 있었습니다. 삼십여 년이 흘러 어머니는 이제 여든 노인이 되셨지만, 지금도 그때 김 선생의 말씀을 상기할 때면 감동으로 눈시울을 붉힙니다. 저 또한 어

머니만큼 감동했던 것 같습니다. 청춘의 고민과 학교에 대한 회의로 머리가 무거울 때면 늘 선생의 말씀을 생각하며 버티었으니까요. 선생은 치마와 저고리를 입은 '여성'이었으나 사람에 대한 사랑으로 충만한 '인간'이었습니다. 선생이 아니었으면 학교를 마치지 못했거나, 입학식에 갈 때의 우울과 냉소에 젖은 채 4년을 보냈을 겁니다.

　　선생은 결혼도 하지 않고 아이를 낳지 않고도 '우먼에서 휴먼으로' 갈 수 있음을 보여 주었지만, 저와 같은 대부분의 보통 여성들이 가는 길은 선생과 다릅니다. 결혼을 하고 아이를 낳으며 그러한 경험 속에서 성숙하거나 시들고 늙어 가니까요. 그러므로 여성이라는 공통점에도 불구하고 결혼을 한 여성과 하지 않은 여성이 일상에서 부딪히는 도전이 다르고, '우먼에서 휴먼으로' 가는 방식도 다를 겁니다. 저는 이분법을 좋아하지 않지만 부득이 두 경우로 나누어 생각해 볼까 합니다.

여성전성시대

제가 고등학교를 졸업한 1970년대 초만 해도 고등학교 졸업 후 바로 결혼을 하는 여성이 꽤 있었습니다. 고등학교를 졸업하고 대학에 진학하는 여학생의 비율이 28퍼센트에 불과했으니, 나머지 대다수 여학생들은 취업을 하거나 집에서 살림을 돕다가 스물을 갓 넘겨 결혼했던 겁니다. 일찍 결혼하니 자연히 아기도 일찍 갖게 되었고, 첫아기를 일찍 낳은 사람은 늦게 낳은 사람에 비해 더 많은 아기를 낳을 수 있으니, 1973년 출산율은 4.1명, 1975년 출산율도 3.47명에 달했습니다. 요즘과 비교하면 참으로 엄청난 차이이지요? 2009년에는 전체 고등학교 졸업자의 81.9퍼센트가 대학에 진학하고, 여학생의 진학률이 82.4퍼센트로 남학생의 진학률보다 높으며, 출산율도 1.15명밖에 되지 않으니 말입니다.

대학을 졸업한 여성의 경우도 스물다섯 살만 지나면 결혼 적령기라 해서 부모나 친지들의 채근을 받기 일쑤였습니다. 결혼을 하지 않은 여성이 서른이 되면 큰일이 나는 걸로 생각해서 미혼 여성의 '공식적' 나이는 으레 스물아홉에서 멈추곤 했습니다.

그러나 그런 추세도 1990년대 중반부터 바뀌기 시작했습니다. 결혼보다 자기계발이나 직장 생활에 매진하는 여성들이 늘어나면서 결혼은 '필수'가 아닌 '선택'이 되었으니까요.

그러다 보니 혼인 건수 또한 감소하여 2009년 혼인 건수는 31만 건, 1천 명당 혼인 건수인 조粗 혼인율은 6.2건을 기록, 통계청이 관련 통계를 내기 시작한 1970년 이래 최저치를 보였습니다. 2010년 6월 통계청이 내놓은 자료에 따르면, 30~34세 여성의 미혼율은 1980년 2.7퍼센트에서 2005년 19퍼센트로 껑충 뛰었고, 35~39세의 미혼율도 1.0퍼센트에서 7.6퍼센트로 늘었습니다. 통계개발원이 2009년 가을에 내놓은 '한국의 차별 출산력 분석' 보고서에 따르면 30대의 미혼율은 2000년 이후 5년 만에 거의 두 배가 되었습니다. 30~34세 여성의 미혼율은 10.5퍼센트에서 19퍼센트로, 35~39세의 미혼율은 4.1퍼센트에서 7.6퍼센트로 증가한 겁니다. 도시 지역의 미혼율이 더욱 높아, 미혼 여성 비율 상위 1~3위는 서울 강남구(21.0%), 대구 중구(20.8%), 부산 중구(18.1%)가 차지했고, 하위 1~3위는 전남 무안군(0.8%), 울산 북구(1.5%), 충북 증평군(1.9%)이 차지했습니다.

결혼 풍조의 변화는 여성들의 의식에도 큰 변화를 가져왔습니다. 통계청이 2010년 7월에 내놓은 '2010 통계로 보는 여성의 삶'을 보면 어머니 세대와 딸 세대 간의 의식 차이가 놀라울 정도입니다. 통계청은 여성의 연령을 '20~30대'와 '50대 이상'으로 나눠 조사했는데, '결혼을 반드시 해야 한다'고 생각한 사람이 50대 이상에서는 36.7퍼센트였으나, 20~30대에서는 9.9퍼센트에 불과했습니다. 이혼에 대해서도 '어떤 이유라도 이혼해서는 안 된다'는 사람이 50대 이상에서는 30.5퍼센트나 되었지만, 20~30대에서는 겨우 6퍼센트에 지나지 않았습니다. '남녀가 결혼을 하지 않아도 함께 살 수 있다'는 의견에 대해서는 20~30대 여성의 52.6퍼센트가 동의한 반면, 50대 이상은 74.9퍼센트가 반대했습니다.

위의 통계들은 결혼이 당위가 아닌 선택이 되었음을 보여 주는 증거로서, 앞으로도 미혼으로 살아가는 여성의 수와 이혼하는 여성의 수가 늘어날 거라는 걸 말해 줍니다. 결혼을 '선택'하지 않는 여성이 늘어나면서 태어나는 아기의 수도 계속 줄고 있습니다. 1970년 4.53명이던 출산율은 1975년 3.47명, 1980년 2.83명으로 점차 감소하다가, 1985년엔 1.67명을 기록했습니다. 처음으로 출산율이 2명 이하로 떨어진 것입니다. 한 국가가 인구 감소로 인한 존폐 위기에 이르지 않으려면 2.1명 정도의 출산율을 유지해야 하는데, 우리나라 출산율은 2001년 1.3명, 2002년 1.17명으로 계속 감소했으며, 2003년 1.19명이 되어 잠시 오르는가 싶더니, 2009년에는 1.15명을 기록하고 있습니다. 유엔미래포럼(www.unfuture.org)은 출산율이 1.10명 수준에 머물 경우 2305년 한국의 인구는 남자 2만 명, 여자 3만 명 정도에 지나지 않을 거라고 경고합니다.

　　정부는 2009년 2월 '준 비상사태'를 선포하고 다자녀 가구에 다양한 혜택을 주고 있지만 그러한 조처가 출산율 증가를 가져올 거라 장담하긴 이릅니다. 게다가 가임 여성 인구(15~49세) 또한 줄고 있어 출산율이 증가세로 돌아서기 어려울 거라는 전망이 나오고 있습니다. 2002년 1,378만 5천 명으로 정점에 도달했던 가임 여성의 수는 이후 6년째 하락세를 보여 2008년 1,353만 2천 명을 기록했습니다. 2005년 809만 4천명에 이르던 20~39세 여성 인구는 이듬해엔 700만 명대로 떨어졌습니다. 건강한 아기를 출산할 가능성이 가장 높은 20대 초반(20~24세) 여성의 수는 2008년 154만 9천 명으로, 그 전해에 비해 5.2퍼센트나 감소했습니다. 1980년대부터 1990년대 말까지 한 자녀만 낳는 가정이 많아지면서 남아 선호 풍조가 심해졌고, 그로 인해 성비性比 불균형도 심화되었기 때문입니다.

　　여아 100명당 남아 수를 뜻하는 출생 성비는 103명에서 107명일 때 '정상 성비'로 간주되는데, 1980년엔 104명이던 것이 1982년 106.8명으로 아슬아슬하게 '정상 성비'를 기록했으나, 1985년엔 110명, 1990년에는 117명으로 극심한 불균형을 보였습니다. '아이는 하나나 둘만 낳겠다, 단 아들은 꼭 있어야 한다'는 부모들이 초음파 검사 등 불법적 방법으로 태아의 성별을 미리 알아낸 뒤에 여아를 낙태했기 때문입니다.

1980년대부터 악화 일로를 걷던 성비 불균형은 2002년 110명, 2003년 108.7명으로 점차 낮아지다가 2007년에야 정상치인 106.1명을 기록했고, 2008년에도 106.4명으로 정상 범위 이내에 들었습니다.

그런데 지난 2008년 국무총리실 산하 육아정책연구소가 조사한 것을 보면 출생 성비가 정상치보다 낮아질 날이 멀지 않은 것 같습니다. 여아 100명당 남아의 수가 정상치인 103~107명 이하로 떨어질 수도 있다는 겁니다. 아들보다 딸을 좋아하는 부모가 늘고 있기 때문입니다. 2008년 4월에서 7월 사이에 태어난 신생아 2,078명의 아버지를 조사한 결과, 37.4퍼센트가 아내의 임신 중 딸을 바랐고, 아들을 원한 아버지는 28.6퍼센트에 그쳤다고 합니다. 아기 어머니의 37.9퍼센트도 딸을 원하여 아들을 원한 31.3퍼센트보다 많았습니다. 딸을 선호하는 아버지는 40대에선 27.9퍼센트이지만, 30대에선 37.8퍼센트, 20대에선 38.9퍼센트로 젊은 세대로 갈수록 높았습니다.

딸에 대한 인식이 이렇게 변화한 데는 여러 가지 요인이 있습니다. 딸이 아들보다 산정과 애교가 많아 기울 때 더 재미있다고 하는 사람들이 있는가 하면, 아들은 결혼하고 나면 남이 되는데 딸은 결혼한 후에도 친정 부모를 생각한다고 하는 사람들도 있습니다.

가장 중요한 이유는 아들 선호 전통의 약화에 있을 겁니다. 그 전통의 뿌리엔 아들이 대를 잇고 노부모를 봉양한다는 생각이 있었지만, 이

제 '대를 잇는다'는 개념은 일부 노인들의 전유물이 되었고, '아들이 노부모를 봉양한다'는 생각 또한 거의 사라졌습니다. 이 모든 변화들이 아들과 딸을 동등하게, 혹은 딸을 선호하게 만든 것입니다. 아들과 딸에 대한 애정과 투자가 동등해지면서 아들 못지않은 성취를 거두는 딸들이 늘어났고, 이런 딸들의 증가는 딸에 대한 선호를 더욱 부추기게 되었습니다. 1970년대와 1980년대 유행하던 "잘 키운 딸 하나 열 아들 안 부럽다."는 표어가 이제 현실이 된 것입니다.

외무, 행정, 사법고시 등 국가고시에 합격하는 여성의 수는 빠르게 늘고 있습니다. 외무고시의 합격자 중 여성은 2005년 52.6퍼센트를 차지하여 절반을 넘어섰고, 2008년에는 65.7퍼센트로 늘었습니다. 2009년 48.8퍼센트로 잠깐 떨어졌으나 2010년엔 다시 60퍼센트로 올랐습니다. 사법고시 여성 합격자는 2001년 겨우 17.5퍼센트를 차지했으나 2010년엔 42.1퍼센트로 두 배 이상 늘었습니다. 행정고시도 2009년 합격자 가운데 여성이 46.7퍼센트를 차지했습니다. 여성 공무원의 비율은 41퍼센트에 달하며, 지방의원 가운데 여성 의원 비율은 23퍼센트로 2006년 14.5퍼센트에 비해 크게 증가했습니다. 대표적인 전문직으로 꼽히는 의사 중에도 여성이 늘고 있습니다. 2008년 대한의사협회에 신고한 의사 7만 8,518명 중 여의사는 1만 6,218명으로 20.6퍼센트를 차지했는데, 의과대학과 의학전문대학원의 여학생 수가 37퍼센트에 이르고 있어 여의사의 비율은 더욱 늘어날 것으로 보입니다. 각급 학교의 여교사 비율도 계속 늘어 초등학교의 여교사 비율은 74.6퍼센트, 중학교는 65.2 퍼센트, 고등학교의 경우는 43.4퍼센트에 이릅니다. 그야말로 '여성전 성시대'라 하지 않을 수 없습니다.

골드미스, 알파걸, 차이니

앞에 열거한 여러 가지 통계는 '새로운 여성'의 출현을 설명하기 위한 배경 지식이라 할 수 있습니다. 바로 '골드미스'입니다.

전문직 여성과 여성 고급 공무원들이 여성에 대한 사회적 인식을 바꾸는 데 크게 기여했다면, 혼자 사는 여성에 대한 인식을 바꾼 일등공신은 고학력 전문직에 종사하는 3, 40대 미혼 여성들입니다. 30~34세 여성 중 관리·전문직에 종사하는 미혼 여성은 같은 직종에 있는 기혼 여성(자녀를 둔)의 세 배에 이른다고 합니다. 그들이 새로운 소비계층으로 등장하여 트렌드를 주도하면서 이른바 '골드미스'의 시대를 열었습니다.

'골드미스Gold Miss'는 예전에 나이 든 처녀를 일컫던 '올드미스Old Miss'에 빗대어 새로이 등장한 표현입니다. 영어 단어의 조합이지만 영어가 모국어인 나라엔 없는, 우리나라에서만 쓰는 콩글리시이지요. 1990년대에 결혼을 '필수'가 아닌 '선택'으로 보는 여성이 늘어나고 여성의 사회적 역할이 확대되면서 스물아홉 혹은 서른이 넘은 여자를 '올드미스'라고 폄하하던 풍조가 변하기 시작하더니, 2000년대에 들어서면서 '골드미스'라는 표현이 등장한 것입니다. 1960년대 이후 출생한 여성으로 대졸 이상의 학력을 가졌으며, 소득이 높은 전문직이나 대기업에서 일하는 사람, 연봉이 4천만 원 이상이고 부동산 등 자산 규모가 8천만 원 이상인, 즉 '경제력을 바탕으로 독신 생활을 즐기며 자기계발에 돈을 아끼지 않는 여성'을 '골드미스'라고 합니다.

한국고용정보원이 2008년 초에 '산업·직업별 고용 구조 조사' 결과를 분석해 내놓은 걸 보면, '골드미스족'은 2001년 2,152명에서 2006년 2만 7,233명으로 11.7배나 늘었다고 합니다. 2001년에 주방장이나 조리사, 경영 관련 사무직, 의사, 디자인 관련직 등 일곱 개 분야에 그쳤던 골드미스들의 직업은 2006년에는 서른여섯 개 분야로 늘어났습니다. 골드미스족이 전체 여성 취업자에서 차지하는 비율도 2001년 0.03퍼센트에서 2006년에는 0.27퍼센트로 높아졌습니다.

'골드미스'의 등장은 우리나라에만 국한된 현상이 아닙니다. 미국엔 '알파걸Alpha Girl'이 있고 대만엔 '차이니宅女'가 있습니다. 주한駐韓 대만대표부 신문조新聞組 조장 유명량 씨에 의하면 '차이니'는 '돈을 잘 벌고 인생을 즐기며 결혼하려 하지 않는 독신녀'를 뜻한다니, 우리나라의 '골드미스'와 거의 같은 의미입니다. '알파걸'은 그리스 알파벳의 첫

글자인 알파α와 여성girl의 조합으로 만들어진 단어로 '첫째가는 여성'을 의미하며, 1980년대 미국에서 태어나 공부와 운동 등 모든 분야에서 남자들과 동등하거나 능가하는 여성을 가리킵니다. 미국 하버드대학의 아동심리학자인 댄 킨들런Dan Kindlon 교수가 2006년에 출간한 베스트셀러 《알파걸, 새로운 여성의 탄생Alpha Girls》이라는 저서를 통해 널리 알려졌습니다.

'골드미스'라는 '신인류'가 등장했으니, 애초에 여성을 '결혼한 여성'과 '결혼하지 않은 여성'으로 나눈 것을 수정해야 한다는 의견이 있을 수도 있습니다. '결혼하지 않은 여성' 중 '골드미스'와 '골드미스가 아닌 여성'으로 나누어야 한다는 것이지요. 그러나 지나친 분류는 오히려 논지를 흐리게 할 수 있고, 우리가 이 책에서 모색하려는 것은 '여성'이 '여성'을 넘어 '인간'으로 가는 길이니, '여성'을 분류하는 건 이쯤에서 그만두겠습니다.

주변의 비결혼자非結婚者들을 보면 독신주의자들보다는 맞는 짝을 만나지 못해 결혼하지 않은 사람들이 훨씬 많습니다. 그러다 보니 사회적으로도 비결혼자는 미혼자未婚者, 즉 '아직 결혼하지 않은 사람'으로 규정하는 게 보편적입니다. '골드미스'들이 가장 우울해지는 때는 '옛 애인의 결혼 소식을 들었을 때'와 '젊은 후배가 들어와 남자 직원들이 나에게 관심을 갖지 않을 때'라는 기사를 본 적이 있습니다. 그게 사실이라면, '골드미스'들이 경제적 여유와 사회적 인정, 자기계발과 독신 생활을 즐기는 겉모습에도 불구하고 여전히 '결혼과 남자'에 큰 비중을 두고 있으며, 이들의 관심사가 예전의 '올드미스' 또는 이른바 결혼 적령기라는 이십대의 관심사와 별로 다르지 않음을 보여 줍니다. 이러한 태도는 또한 '결혼은 꼭 해야 하는 것이 아니'라는 여성들 자신의 주장을 부정하는 것이기도 합니다.

결혼의 묘미는 그것이 때로는 아주 쉽게 이루어지지만 때로는 아주 어렵게 이루어지거나 아예 이루어지지 않는다는 데 있습니다. 결혼을 '계획'하는 사람들은 많지만 그 계획대로 이루어지는 결혼은 많지 않습니다. 자신이 원하는 조건을 가진 상대를 만나기 위해 계획할 수는 있지만 조건이 맞는 상대라고 해서 마음도 맞을지는 알 수 없는 일입니다. 계획이 성공하는 건 쉬운 일이 아닙니다. 그나마 혼자만의 노력으로 이룰 수 있는 계획이라면 모르지만 타인이 개입되는 계획이 성공하기는 여간 어려운 일이 아닙니다.

제가 아는 후배 하나는 고등학교에 다닐 때 이미 장래에 대한 계획을 세웠습니다. 대학을 졸업하자마자 결혼하여 아들 하나 딸 하나를 낳겠다고 계획을 세웠지만, 대학을 졸업하고 십 년이 지난 지금까지도 결혼하지 못하고 있습니다. 또 다른 후배 하나는 대학 시절에, 변호사와 결혼하여 행복하게 살겠다고 계획을 세웠습니다. 그는 여러 가지로 노력한 끝에 변호사와 결혼했지만, 행복하게 살겠다는 계획은 이루지 못한 것 같습니다.

아침 7시에 일어나는 것과 같이 간단한 목표가 아닐 때, 그 목표를 이루기 위해 사람이 해야 하고 할 수 있는 일은 '준비'입니다. 예를 들어 외무고시 합격을 목표로 하는 사람이 해야 하는 일은 영어, 국제정치학, 국제법 등 외무고시 시험 과목 공부를 하는 것이지요. 대개는 열심히 공부한 사람이 합격을 하지만 아무리 열심히 공부해도 떨어지는 사람이 있습니다. 그래서 '진인사대천명盡人事待天命', 즉 '사람이 할 수 있는 바를 다한 후 하늘의 뜻을 기다린다'는 말이 있는 것이지요.

외무고시, 사법고시 등을 어렵다고 하지만 때로는 결혼이 더 어려울 수도 있습니다. 시험처럼 정해진 과목이 있는 것도 아니고 실패를 거듭하며 약한 과목을 보충하여 합격할 수 있는 것도 아니니까요. 결혼이 어려운 건 그것이 사람 사이의 일일 뿐만 아니라 운명이 개입하기 때문입니다. '운명'이란 말을 듣고 피식 웃음을 터뜨리는 사람들이 있을지 모르지만, 쉰 살쯤 된 사람이라면 그렇게 웃지 못할 것입니다. 나이가 든다는 건 세상 일이 사람의 의지만으로 되지 않는다는 걸 깨달아 가는 과정이기도 하니까요.

연애결혼은 물론이지만 결혼 중매 업소를 통해서 조건을 우선적으로 맞춰 보고 만나는 사람들이라 해도 운명으로부터 완전히 자유로울 수는 없습니다. 조건이 잘 맞는 사람끼리 만나 두 집안이 결혼하기로 약속했다가 한 집안에 갑작스런 불행이 찾아와 결혼하지 못하게 되는 일이 있는가 하면, 결혼을 약속한 오래된 연인 중 한 사람이 우연히 만난 다른 사람에게 정신을 빼앗겨 약속을 파기하는 일도 있습니다. 오죽하면 '결혼식이 끝나야 결혼한 것'이라는 말이 있겠습니까? 근래에는 신혼여행 중에 싸우거나 상대의 과거를 알게 되어 함께 갔던 여행지에서 각각 돌아오는 경우가 심심치 않다 보니, '신혼여행을 끝내고 와야 결혼한 것'이라는 말까지 들립니다.

아무리 해도 사람의 힘으로 안 되는 것

과학과 사람의 의지를 신봉하는 사람들은 운명의 존재를 인정하지 않으려 하지만 연세가 드신 어르신들은 "아무리 해도 사람의 힘으로 안 되는 게 있다."고 하십니다. 바로 그것, '사람의 힘으로 안 되는 것'을 운명의 개입이라고 부르는데, 운명의 존재를 인정해서 좋은 점은 무엇보다 마음의 여유를 가질 수 있기 때문입니다. 결혼을 하고 싶긴 한데 결혼이 이루어지지 않을 때, "나보다 못생긴 친구는 결혼을 했는데 왜 나는 못하는 걸까? 내가 걔보다 못한 게 뭐람?" 하는 식으로 남을 깎아내리고 자신을 들볶기보다는, "결혼할 운명이라면 하게 되겠지."라고 생각할 때 오히려 결혼의 가능성이 높아집니다. 결혼을 하면 좋겠지만 하지 않을 운명이라면 하지 않아도 좋다고 생각하는 여성도 결혼할 가능성이 높습니다. 그 이유는, '반드시 결혼하겠다'는 여성의 접근과 저울질이 남성에게 부담으로 작용하기 때문이기도 하고, 다가오는 여성보다 멀리 있거나 달아나는 듯한 여성에게 끌리는 남성의 본능 때문이기도 합니다.

비혼자, 특히 '마흔'이 넘은 비혼 여성은 "꼭 결혼하겠다."고 생각하는 대신 "결혼해도 좋고 하지 않아도 좋다."고 생각했으면 좋겠습니다. "마음 맞는 남자를 만나 아들 딸 낳고 행복하게 살아야지." 하는 '여성(우먼)'적 목표 대신, 자신을 좀 더 나은 '인간(휴먼)'으로 만들겠다는 목표를 세웠으면 좋겠습니다. 왜 하필 '마흔'이냐고요? 그건 마흔이 넘어 아기를 출산하는 것은 산모 자신은 물론 아기의 건강에도 좋지 않기 때문입니다. 요즘은 모두들 늦게 결혼해 늦게 출산하는데 무슨 말이냐고 하면 할 말은 없지만, 나이 든 어머니에게서 태어난 아기는 젊은 어머니에게서 태어난 아기보다 선천적 질병과 기형에 취약합니다. 부모가 아이에게 해 줄 수 있는 가장 중요한 일, 혹은 유일한 일이 건강한 정신과 신체를 주는 일임을 생각할 때, 마흔 넘어서 하는 출산, 특히 초산은 피해야 한다고 생각합니다.

전문가들은 여성이 건강한 아기를 낳을 가능성이 가장 높은 건 25세 전후이며, 출산 연령이 높아지면 미숙아나 저체중아가 늘어날 수밖에 없다고 합니다. 35세 이상 '고령 산모'의 비율은 2000년 10.3퍼센트에서 2008년 19퍼센트로 급격히 증가했고, 더불어 저체중아와 미숙아 비중도 2000년 각각 3.79퍼센트에서 2008년엔 4.9퍼센트와 5.5퍼센트로 늘었습니다.

결혼하지 않으면 외롭다고 하지만 외로움은 자유로움의 다른 이름입니다. 비혼자는 대개 기혼자에 비해 많은 시간을 혼자 지냅니다. 그 시간을 외롭다고 느끼는가, 자유롭다고 느끼는가는 각자에게 달려 있습니다. 직장에 다니는 사람은 좀 낫지만, 직장에도 다니지 않고 혼자 살려니 외로워 못 살겠다고 하는 친구들이 있습니다. 외로움은 사람이면 누구나 느끼는 보편적 감정이지만, '외로워서 못 살겠다'고 느끼는 사람은 대개 의식주 걱정이 없는 사람들입니다. 이런 사람들이 외로움을 극복하는 가장 쉬운 방법은 자신보다 나쁜 상황에 있는 사람들을 돕는 겁니다. 부모가 없어 외로운 아이들, 자녀가 없어 외로운 노인들, 장애나 질병으로 인해 사회로부터 유리된 사람들, 부양가족은 많은데 부양할 능력은 없어 괴로워하는 사람들, 문화가 다른 나라에 와 사느라 힘겨워하는 사람들… 의식주조차 해결하지 못해 도움의 손길을 필요로 하는 사람들이 부지기수입니다.

　비혼의 가장 큰 장점이 시간과 에너지를 자신이 원하는 곳에 쓸 자유 혹은 여유라면, 비혼의 단점은 그것을 자신에게 집중하는 '자기중심적' 사고입니다. '자기중심적' 사고는 사전에 나와 있는 대로, '남의 일보다 자기의 일을 먼저 생각하고 더 중요하게 여기는 것'을 뜻합니다. 보통 '자기중심적'이라고 하면 '이기적'인 것과 같은 뜻으로 생각하는 경향이 있지만, '자기의 일을 더 중요하게 생각'한다고 해서 꼭 이기적이라고 할 수는 없습니다. 관심의 폭이나 시야가 좀 좁다고 하는 게 정확하겠지요.

　일반적으로 기혼 여성은 아내 노릇, 어머니 노릇을 하느라 하는 수 없이 '자기의 일'보다 '가족의 일'을 먼저 생각하고 더 중요하게 여기게 되는 데 비해, 비혼 여성들은 나이가 마흔, 쉰이 넘어가도 자신에 대한 생각에서 벗어나지 못하는 경우가 많습니다. 언제나 '나'와 '나의 꿈' '나의 성취' '나의 좌절' '나의 외로움' '나의 괴로움' 등에 사로잡혀, 천국과 지옥, 행복과 불행, 혹은 우월감과 열등감 사이를 오갑니다.

　그러나 우리 시대의 뛰어난 선각자들은 바로 이 '나로부터의 해방' 이야말로 참된 인간으로 가는 지름길이라고 한결같이 이야기하고 있습니다.

　우리가 얘기하는 '우먼'은 시선을 자신에게 고정시킨 사람이고, 우리가 되려고 하는 '휴먼'은 자신을 넘어 인간 보편의 가치와 선善을 추구하는 사람입니다. 비혼 여성이 자신의 외로움 너머 타인의 외로움과 고통을 인식하고 그것을 덜어 주겠다고 마음먹는 순간부터, 그는 '우먼에서 휴먼으로' 가는 여정을 시작한 것입니다.

결혼이라는 것

앞에서 살펴본 통계가 말해 주듯, 비혼 여성이 늘고 있긴 하지만 아직은 결혼하여 아내 노릇과 어머니 노릇을 하며 살아가는 여성이 더 많습니다. 그리고 바로 그 경험이야말로 보통 여성들이 '우먼에서 휴먼으로' 갈 수 있게 도와주는 가장 보편적인 기회입니다.

젊은 시절 저와 친교를 맺은 사람들은 저를 매우 '여성적'인 사람으로 기억하는데, 제가 그렇게 보이게 된 데엔 저희 아버지의 영향이 큽니다. 우리 시대 대부분의 아버지들이 그랬듯이 아버지는 저를 '이상적인 여자'로 키우고 싶어 했습니다. 물론 이 '이상적인 여자'라는 말의 속뜻은 '남자가 보아 이상적인 결혼 상대자'입니다. "어깨를 약간 앞으로 숙인 듯한 자세로 걸어라, 시선은 45도 아래를 보아라, 걸음은 느리지도 빠르지도 않게 걸어라, 기분이 좋을 때와 나쁠 때의 표정이 크게 달라서는 안 된다, 언제나 살짝 미소 지어라, 남자를 이기려 하지 마라(남자는 자신이 틀린 걸 알아도 여자 앞에서 그걸 인정하기 싫어한다), 남자가 부를 때 목만을 돌려서 돌아보지 마라(남자가 가까이 올 때까지 기다리거나 몸 전체를 돌려라), 여자는 모름지기 '3씨', 즉 말씨, 솜씨, 맵씨('맵시'가 맞지만 아버지는 '맵씨'라고 생각했습니다)를 갖추어야 한다."

아버지는 또 "옳은 말을 할 때 낮은 목소리로 하라."고 가르치셨고, 산기슭 남루한 동네를 지날 때는 "이들을 위해 무엇을 해야 할까 고민해야 한다."고도 했습니다. 아버지의 말씀은, 아버지가 훌륭한 인간을 지향하는 양심적인 사람임과 동시에 이상적인 여자를 그리는 남자임을 보여 줍니다. 옳은 말을 할 때 낮은 목소리로 하는 것과 이웃을 위해 무엇을 해야 할까 고민하는 건 훌륭한 일이지만 남자에게 이상적으로 보이는 여자의 태도까지 배울 필요는 없었는데, 어린 제겐 판단할 능력이 없었습니다. 맏딸들이 으레 그렇듯 부모에게 순종하며, 이른바 여자가 갖추어야 할 덕목을 갖추기 위해 노력했습니다. 신문사 시험을 보아 최종 면접에 이르렀을 때 제일 높은 분으로부터 들은 얘기를 생각해 보면, 제가 제법 '여성적'으로 보였나 봅니다.

"여기 늑대들이 많아요. 들어오면 금방 누군가가 채갈 것 같은데…. 결혼 안 하고 신문기자 할 거요?"

"아니요, 결혼도 하고 신문기자도 할 건데요."

"에? 결혼한다고?"

"네, 결혼도 하고 기자도 하고요."

인생이 무언지 연구하며 홀로 살겠다던 마음이 대학 시절 만난 애인 덕에 허물어지기도 했지만, 결혼 생활과 기자 생활을 병행할 수 없다는 투의 어른 말씀이 거슬려 어깃장을 놓았던 것입니다.

당시 신문사엔 여기자가 드물었고 몇 안 되는 여기자들은 대개 남자 동료들과 비슷한 태도로 기자 노릇을 했는데, '여성적'인 여자로 교육받은 제 눈엔 그게 좋아 보이지 않았습니다. 진실과 정의를 추구하되 남자는 남자다운 방식으로, 여자는 여자다운 태도로 해야 한다고 생각했으니까요. 그래서 저는 대부분의 여기자들과 다른 '여성적'인 여기자가 되었습니다. 취재원과 식사를 하거나 차를 마시긴 해도 밤에 술 마시는 일은 가능한 한 피했고, 혹시 술자리에 동석하게 되면 너무 늦기 전에 자리를 떴습니다. 취재를 하고 필요한 정보를 구할 때도 미소와 상냥한 말씨를 유지하기 위해 노력했습니다. 그러다 보니 어떤 정부 부처의 국장에게서 "여기자가 출입하게 된다고 해서 놀랐는데, 진짜 여자라서 다시 한 번 놀랐다."는 말을 듣기도 했습니다.

결혼한 사람들이 들으면 기분 나빠할지 모르지만 결혼과 인격, 혹은 결혼과 행복 사이엔 아무런 상관관계도 없습니다. 그래도 대부분의 사람들이 결혼을 하는 이유는 자신이 불완전하다는 사실을 무의식적으로 알기 때문일 겁니다. 인간에게 내재하는 완전에의 욕구가 다른 사람과의 결합을 원하게 하는 것이지요. 그러니 자신과 다른 사람, 자신에게 결여된 요소를 가진 사람에게 끌리는 게 당연합니다. 꼼꼼하여 실수가 드문 사람은 덜렁이와 결혼하는 수가 많고, 움직이는 것을 좋아하지 않는 사람들은 대개 움직이는 걸 좋아하는 사람에게 끌립니다. 성격이 비슷한 남녀가 만나 결혼하면 가정은 평화로울지 모르지만, 각자의 '불완전'을 극복한다는 측면에서는 별로 도움이 되지 않습니다. 내 의견에 동조만 하는 친구보다 나와 다른 의견을 가진 친구와의 만남이 내게 더 많은 생각거리를 제공하는 것과 같은 이치입니다.

그러나 다른 두 사람이 만나 한 사람처럼 살아야 하는 결혼 생활은 몹시 힘이 듭니다. 그 힘든 결혼 생활을 유지하기 위해 싸우고, 술독에 빠지는가 하면 불륜을 저지릅니다. 하다하다 안 되어 이혼하는 사람들도 있습니다. 안타깝게도, '완전'을 지향하며 시작한 관계가 '불완전'을 부각시키며 끝나는 것이지요. 2009년 통계를 보면, 그해 총 이혼 건수 12만 3,999건 중 성격 차이(5만 7,801건)로 인한 이혼이 46.6퍼센트나 되었다고 합니다. 경제적 이유나 폭력으로 인한 이혼은 어쩔 수 없다 해도, '성격 차이'로 인한 이혼은 가능한 한 피했으면 합니다. 성격 차이가 초래하는 갈등을 통해 오히려 각자의 불완전을 인식하고 완전을 추구했으면 하는 것이지요. 성격 차이에도 불구하고 이혼하지 않고 살다 보면 언젠가 '차이'를 넘어서는 '이해'의 단계에 이를 수 있고, 그 '이해'야말로 '우먼에서 휴먼으로' 가는 지름길이기 때문입니다.

이혼, 불륜, 사랑

'성격 차이' 다음으로 흔한 이혼 사유는 남편이나 아내의 '외도'입니다. 텔레비전 뉴스나 신문 기사엔, 자신의 배우자가 다른 이성(동성)을 만난다는 사실을 알고 격분해 폭력을 행사하거나 살인까지 저지른 사람들의 얘기가 심심치 않게 보도됩니다. 2009년 12월 말 부산에선 남편이 다른 여자를 만나 바람을 피우는 것으로 착각한 마흔여덟 살의 부인이 자신의 집에 불을 질러 불구속 입건된 적이 있습니다. 그날 퇴근이 늦어진 딸이 아버지에게 전화를 걸어 마중을 나와 달라고 했는데, 딸의 전화를 받고 나가는 남편을 본 부인이 다른 여자를 만나러 가는 것으로 착각하고 화가 나서 불을 질렀다고 합니다.

남자들은 "아무튼 여자들이 과민해서 큰일이야!" 하고 혀를 차지만, 이 사건이야말로 남자들이 가장 자주 저지르는 실수를 보여 줍니다. 딸의 전화를 받고 나가며 아내에게, "OO가 이제야 퇴근한다고 마중 나오라고 전화를 했네. 산책 삼아 함께 나갈까?" 하고 한마디만 했으면, 아내를 성나게 하는 일은 없었을 겁니다. 남편을 의심하던 아내라 해도 그 말을 들으면 기분 좋게 따라 나서거나 "아니, 그냥 혼자 다녀오시게." 했을 겁니다. 다른 인간관계도 그렇지만, 특히 남편과 아내 사이에서 '한마디의 부족'이 쌓이다 보면 아주 큰 문제를 초래할 수 있습니다.

지난 몇 년 사이에 우리나라에서 가장 사회적 문제가 되었던 '불륜'은 2007년 가을을 떠들썩하게 한 전 청와대 정책실장 변양균 씨와 전 동국대 교수 신정아 씨의 '사랑'입니다. 그 사건이나 '불륜' 일반에 대한 제 생각은 그때나 지금이나 마찬가지이니, 당시 제가 '자유칼럼'의 '김흥숙 동행'에 썼던 글, "불륜 중인 'ㄱ' 씨에게"의 일부를 옮겨 봅니다.

수사의 시초는 신씨가 학력을 위조하여 광주 비엔날레 예술 총감독과 동국대 교수가 되었는가, 그 과정에서 변씨가 그녀를 위해 부당하게 영향력을 행사했는가 하는 것이었지만 이제는 두 사람의 '부적절한' 관계가 관심의 초점이 된 듯합니다. 사라진 이메일을 추적해 낸 것은 그러려니 해도, 수사와 상관없는 사적인 부분을 들춰내어 언론에 공개한 검찰이나 그것을 좋아라 대서특필하는 언론의 선정주의는 우리가 살고 있는 시대가 21세기인가 의문을 갖게 합니다.

지금 한창 불륜중인 'ㄱ' 씨, 당신도 밤잠을 설치며 뉴스를 보고 있겠지요. 이미 애인과 만나는 횟수를 줄였을 수도 있고 애인과의 관계를 청산

해야겠다고 결심했을 수도 있습니다. 그러나 불륜은 매스컴이 보도를 하든 않든 늘 위험한 것입니다.

저는 당신이 한참 어린 애인과 사랑에 빠져 캠퍼스 커플처럼 붙어 다닌다 해도 비난할 생각이 없습니다. 물론 당신이 빠져든 상태가 진정 사랑일까 궁금하긴 합니다. 부하 직원들이 여럿 있는 사무실에서나 호젓하게 들어앉은 화장실에서나 당신의 머리엔 오직 한 사람뿐이라거나, 평소의 당신답지 않게 웃음이 많아지고 거울 앞에 서는 시간이 길어졌다고 해서 사랑이라고 말할 수는 없을 겁니다. 모든 지속 가능한 사랑은 그리움과 설렘만 가지고는 부족하니까요.

자라지 않으면 사랑이 아니고 키우지 않으면 사랑이 아니라는 말, 들어 보셨나요? 아니요, 당신의 권력으로 애인을 출세시켰거나 능력 있는 애인 덕에 여러 분야 사람들과 인맥을 쌓게 된 걸 말하는 게 아닙니다. 당신과 애인이 사랑하게 된 후 좀 더 나은 사람이 되었느냐는 얘기입니다. 애인을 만난 후 당신이 사랑하는 사람의 수가 늘어났다면 당신과 애인은 진정 사랑하는 것이겠지요. 애인을 만난 후 사랑하는 사람의 수가 줄어들고 온 세상을 미워하게 되었다면, 당신은 사랑 대신 지속 불가능한 열정(劣情 혹은 熱情)의 포로가 되어 있는 건지도 모릅니다…

가장 중요한 건 당신들의 사랑에 대해 함구하는 것입니다. 영원한 것은 아무것도 없으니 당신들의 사랑 또한 영원하지 않을 수 있다는 걸 인정

해야 합니다. 어리고 귀여운 애인과의 사랑, 자랑하고 싶은 마음은 이해하
지만 침묵하십시오. 사랑에 대해 침묵하는 건 사랑에 대해 예의를 지키는
것입니다. 게다가 사랑이 끝난 후에도 삶은 계속됩니다.

　사랑에 대한 예의 못지않게 중요한 것은 배우자와 가족에 대한 예의입
니다. 당신이 미숙한 청년을 넘어 매력적인 중년이 될 수 있게 도와 온 당신
의 동반자들에게 배신감과 허무감을 주는 일은 피해야 합니다. 배우자 몰래
사랑하느라 잠을 이룰 수 없다거나 양심에 가책이 되어 견딜 수 없다고 해
도 "여보… 나, 할 말이 있어… 사실은…"으로 시작하는 고백을 해서는 안
됩니다. 당신이 마음의 짐을 덜어 내는 순간부터 당신의 무고한 배우자는
배신감과 질투로 밤을 새우게 될 테니까요…

　마지막으로 건강에 유의하십시오. 불륜 상태를 유지하다 보면 위염이
나 위암에 걸리는 일이 많다고 합니다. 마음을 졸이며 배우자와 연인 사이
를 종종걸음 치다 보면 밤낮 없이 위산이 분비되겠지요. 병에 걸리거든 "사
랑값을 치르는구나." 하고 조용히 견뎌 내십시오. 불륜 한번 경험해 보지 못
하고도 고약한 질병으로 고생하는 사람들이 적지 않습니다. 참, 당신의 투
병을 돕느라 동분서주할 가족을 위해 보험 하나쯤은 꼭 들어 두셨으면 합니
다. 부디 사랑 안에서 행복하시길!

　꽤 오래 전 일입니다만, 이웃에 사는 남자가 위암에 걸렸습니다. 요

즘에는 암도 당뇨나 고혈압처럼 평생 치료하며 더불어 사는 질병이 되었고 특히 위암은 가장 완치율이 높은 암 중 하나이지만, 그때는 암에 걸렸다 하면 죽는 걸로 알았습니다. 그는 사십대 초반이었고 암이 많이 진행된 상태라 회생 가능성이 거의 없다고 했습니다. 그래도 입원하여 수술과 항암 치료를 받았고 아내는 매일 병실에서 남편을 간호했습니다. 빈손으로 결혼하여 집도 장만하고 차도 장만하고 아들딸도 낳아 이제야 사는 재미를 알게 되었는데, 갑자기 시한부 인생이 된 남편이 가엾다고 눈물을 흘렸습니다.

아내는 몰랐지만 남편에겐 아내보다 몇 살 아래인 오래된 애인이 있었습니다. 휴대전화가 없던 시절이니 입원한 남편과 애인은 연락할 방법이 없었습니다. 결국 그리움과 궁금증을 참지 못한 애인이 어찌어찌 수소문을 하여 남편이 입원한 병원으로 찾아오고 말았습니다. 애인은 병원에서 시간을 보내다가 아내가 병실을 비운 사이 병실에 들르곤 했습니다. 그러나 남편이 입원한 병실은 독방이 아니었고, 아내는 곧 같은 방의 다른 환자 가족들 덕에 남편의 밀회 사실을 알게 되었습니다. 아내는 배신감에 치를 떨며 며칠 동안 병실에 발길을 하지 않았습니다. 그 얘기를 제게 전해 준 아내의 친구는 "시앗을 보면 길가의 돌부처도 돌아앉는다는데…" 하며 씩씩거렸습니다. 남편이 다른 여자를 보면 부처같이 점잖고 인자하던 부인도 시기하고 증오하게 된다는 거지요.

제가 그 부인과 같은 처지가 되었다면 저도 발길을 끊었을지 모릅니다. 그러나 병실에 가지 않고 간호하지 않는다고 해서 달라지는 건 아무것도 없을 겁니다. 아내는 여전히 남편을 사랑했으니까요. 어쩌면 좋으냐는 아내의 친구에게 생각을 바꾸는 수밖에 없지 않겠느냐고 말해 주었습니다. 어려운 가정에서 힘겹게 자란 사람이 가장 노릇을 하느라 얼마나 힘들었을까, 내가 만날 살림하기 힘들다고 투정을 하니 애인에게서 위안을 찾았구나, 겨우 마흔 몇 해를 힘들게 살다 가는데 그래도 애인에게서 위로를 받았으니 다행이구나, 나 모르게 비밀스럽게 만나느라 마음을 졸이다가 스트레스 때문에 암에 걸린 거나 아닐까, 애인도 불쌍하구나, 몇 해나 만났다니 혹시 남편과 내가 이혼하기를 기다린 건 아닐까, 당당히 사랑할 시간을 갖지 못하고 영영 헤어지게 되었으니 안쓰럽구나… 그렇게 생각하고 두 남녀를 형제처럼 대하면 어떻겠느냐고, 한 번쯤 셋이 부둥켜안고 울어 보면 어떻겠느냐고 얘기해 주었습니다. 이럴 때 한번 도道를 닦아 보라고, 하는 수 없이 닦아도 도는 도라고. 그 세 사람이 그 후 어떻게 되었는지는 모르지만, 지금도 그 일을 생각하면 마음이 아픕니다.

그와 내가 자라고 서로 키워 주는 것

앞에서 얘기한 대로 변양균 씨와 신정아 씨의 관계는 선정적 언론 보도 덕에 '삼류 영화 같은' 스토리로 만들어져 세간의 화제가 되었습니다. 신 씨는 2010년 9월 한 월간지와의 인터뷰에서 "한 남자를 사랑한 것이 이렇게 큰 대가를 치를 수도 있다는 것을 미처 알지 못했다."며, "지나간 그 사랑이 처음이자 마지막이 될 것 같다."고 했다고 합니다.

　신씨의 발언이 보도되자 인터넷 세상에선 그녀를 비난하거나 비웃는 목소리가 높았습니다. 그러나 저는 그녀의 사랑이 진실한 것이었다고 생각합니다. 사랑에겐 눈이 없습니다. 진정한 사랑은 상대의 조건을 보지 않습니다. 아니, 보지 못합니다. 상대가 가난한 사람인가 부자인가에 무심하듯 상대가 결혼한 사람인가 아닌가에 관계없이 상대에게 빠져들 수 있습니다. '내가 하면 로맨스, 네가 하면 불륜'이라는 말도 있지만, 세상에서 '불륜'이라고 낙인찍는 관계 중에도 진실한 사랑은 있을 수 있습니다. 두 사람 중 한 사람 혹은 두 사람 모두 다른 상대와 결혼한 상태라면, 세상은 그들의 사랑을 '불륜'이라 부릅니다. 진실한 사랑이든 아니든 상관없이.

변씨는 2010년 8월, 형선고 실효 특별사면 및 특별복권을 받은 후 언론과의 인터뷰에서 "당시 신씨와의 관계에 대해 있는 그대로 공개적으로 밝히지 못한 것은 가족이 걱정됐기 때문이다."라고 말했습니다. 두 사람으로선 억울한 게 많을 겁니다. 그러나 어떤 두 사람에겐 소중한 '사랑'이 타인에겐 기껏 가십거리에 지나지 않는 '불륜'이 될 수 있습니다. '사랑하기 때문에 헤어진다'는 말은 자신들의 사랑을 '불륜'으로 만들기 싫어 헤어진 사람들에게서 나왔을지 모릅니다. 세상에는 여러 종류의 사랑이 있습니다. 변씨가 신씨에 대해 느꼈던 사랑이 사랑이라면, 그이가 그 사랑이 밝혀져 상처받을 가족을 걱정한 것 또한 사랑입니다.

우리가 사랑이라고 생각하는 감정이 사실은 사랑이 아니고 열정熱情이거나 열정劣情인 경우도 있습니다. 내가 어떤 이에 대해 느끼는 감정이 사랑인지 아닌지 알고 싶으면, 그이로 인해 내가 다른 사람들을 대하는 게 달라졌는지를 보면 됩니다. 내가 어떤 이를 사랑하여 아무 일도 하지 않고 그이에게 예쁘게 보일 궁리만 한다면 그건 기껏해야 열정熱情입니다. 내가 누구를 사랑하여 그이가 다른 사람들과 관계를 끊고 나에게만 열중하기 바란다면 그건 아마도 열정劣情일 것입니다. 내가 사랑하는 사람의 가족들과 친구들, 그이가 사랑하는 모든 것까지 사랑해야, 사랑하려고 노력해야 진정으로 사랑하는 겁니다.

내가 어떤 이를 진정으로 사랑하면, 그가 자신이 좋아하는 일을 하며 즐거움과 보람을 느끼도록 돕고 격려합니다. 그가 내가 원하는 방식으로 살기보다 자신이 원하는 일을 하도록, 그리하여 언젠가 죽음의 침상에 누웠을 때 "하고 싶은 일을 마음껏 해 보았으니 여한이 없다."고 느낄 수 있게 돕는 게 사랑입니다.

올바로 나이 든다는 건 올바로 사랑하는 것이고, 올바로 사랑한다는 건 그 사랑으로 그와 내가 자라고 서로를 키우는 것입니다. 친구, 배우자, 애인, 아들과 딸, 누구든, 우리가 그를 사랑하여 우리의 시야가 넓어지고 더 많은 사람에게 친절하게 되면, 우리는 올바로 사랑하는 것이며 올바로 나이 드는 겁니다. 어떤 사람에 대한 내 감정이 내 시야를 좁게 만들고 나를 이기적으로 만들면, 나는 올바로 사랑하는 것도 올바로 나이 드는 것도 아닙니다.

남편이 바람을 피우는 건 알았지만 이혼할 생각은 없다면, 남편에게 친절하고 예의바르게 대하면서 기쁨과 보람을 주는 일을 찾아 열중하는 것이 좋습니다. 눈을 조금만 돌려 보면 세상엔 남녀상열지사男女相悅之詞나 자녀 들볶기보다 재미있고 의미 있는 일이 많습니다. 자신을 멋있는 사람으로 만드는 가장 확실한 방법은 자신이 하고 싶은 일—물론 도둑질 같은 것 말고 정의로운 일에 한합니다—을 하는 겁니다. 하고 싶은 일을 열심히 하는 사람의 얼굴에선 빛이 납니다.

아내의 얼굴에서 빛이 나면 바람피우던 남편은 혼란에 빠집니다. "어? 저 여자가 어떻게 된 거지? 다른 여자들은 이럴 때 울고불고 한다는데, 아예 내게 관심이 없는 건가, 다른 남자를 사귀는 건가?" 남편 속 궁금증이 자꾸 자라다 보면 남편의 발길은 자연히 집으로 향하게 됩니다. 남녀 간의 사랑을 키우는 건 궁금증이니까요.

저 사람 속에 내가 모르는 무엇이 있어야 사랑이 유지됩니다. 부부의 사랑이 결혼하지 않은 사람들의 사랑보다 시들해 보이는 건 그들이 서로에 대해 많이 알기 때문입니다. 그러니 부부의 관계가 우정이나 존경보다 연인적 사랑으로 머물기 바란다면 상대가 알지 못하는 무언가를 많이 갖고 있어야 합니다. 사랑의 줄다리기를 할 때는 비밀이 많은 사람이 유리하니까요. 20세기 초 천재 작가 이상이 소설 《실화失花》에 "비밀이 없다는 것은 재산 없는 것처럼 가난하고 허전한 일이다."라고 썼듯이, 관계의 유지·발전을 위해서 얼마간의 비밀은 꼭 필요합니다. 부부 사이에서조차.

부부싸움 어떻게 풀까요?

이쯤에서 제 친구 부부 얘기를 들려드리지요. 친구의 이름은 '진주'로 하겠습니다. '진주'라는 이름을 가진 분들의 양해를 바랍니다. 친구에게 '진주'라는 이름을 붙인 것은 그녀의 여성성과 함께 그녀의 소중함을 부각시키기 위해서입니다.

이름 이야기가 나왔으니 잠깐 여자의 이름에 대해 살펴보겠습니다.

어느 나라나 마찬가지이겠지만 우리나라에서 자녀의 이름은 그것을 지은 부모의 시대와 생각을 반영합니다. 제 또래들의 이름은 주로 '자子'자와 '숙淑'자로 끝납니다. '자'는 일제 식민지배의 영향이라고 합니다. 일본 젊은이들은 어떤지 몰라도 제 윗세대나 제 또래 일본 여성의 이름은 거의 모두 '子'로 끝납니다. 명자, 영자, 미자, 순자, 수자, 경자, 숙자…. '자'는 그렇다 해도 '숙'은 어디서 왔는지 모르겠습니다. 어쨌든 지금 중년 여성 중엔 '숙'자로 끝나는 이름이 흔합니다. 영숙, 명숙, 미숙, 경숙, 진숙, 인숙…. 제 이름을 바꾼다면 '숙'자를 바꿀 겁니다. '맑을 숙'이라는 의미는 좋지만, 그 글자가 제가 여성임을 광고하기 때문입니다. 남자 이름 중에도 '숙'자로 끝나는 이름이 있지만 그건 아주 드물고, 그 '숙'도 '맑을 숙'이 아닌 경우가 대부분입니다. 저보다 아홉 살 아래인 아우 세대의 여자 이름은 '경'자로 끝나는 경우가 많습니다. 혜경, 미경, 숙경, 진경, 선경, 희경, 보경, 수경….

　2008년 당시 미국 대통령 후보로 나선 버락 후세인 오바마Barack Hussein Obama II는 자선 디너파티에서, "내 가운데 이름을 후세인이라고 정한 사람은 내가 대통령 후보로 나설 거라고 생각하지 못했던 것 같아요."라고 말해 좌중을 웃겼습니다. 인구의 절반 이상이 기독교 신자인 미국에서 이슬람교도의 이름인 후세인이라는 중간 이름을 갖고 있다는 건 아무래도 도움이 되지 않을 겁니다. 대통령으로 당선되어 한창 집무 중이던 2010년 여름에도 이슬람교도가 아니냐는 의심에 시달렸으니 이름 탓이 크겠지요.

　노스웨스턴대학교 경제학과의 데이비드 피글리오David Figlio 교수를 비롯한 미국과 영국의 학자들은 이름이 사람의 행동과 기호, 나아가서는 미래에까지 영향을 미친다고 발표한 적이 있습니다. '테일러'나 '메디슨'과 같은 남자 이름을 가진 여자 아이들은 여자 친구들보다 남자 아이들과 어울리길 훨씬 좋아하고, 남자 아이들이 좋아하는 것을 좋아한다고 합니다. 여성성이 강조된 '엘리자베스'나 '에밀리' 등의 이름을 가진 여자 아이는 인문학을 전공하는 경우가 많지만, 남성적인 이름을 가진 여자 아이는 과학이나 수학을 전공으로 택하는 경우가 많다고 합니다. 물론 딸에게 남성적인 이름을 붙여 주는 부모는 딸을 남성적으로 키우려는 의도를 갖고 있을 거고, 그런 의도에 따라 키우다 보니 딸이 남성적인 기호를 갖게 되었을 수도 있겠지요. 어쩜 제가 수학과 과학은 좋아하지 않고 국어와 영어만을 좋아했던 건 바로 제 이름 때문인지 모릅니다. 저는 제 이름을 바꿀 정도로 싫어하진 않지만 꼭 바꾸라고 하면, 이름만 보아서는 여자인지 남자인지 알 수 없는 '중성적인' 이름을 택하겠습니다.

2008년 대법원이 사법 60년사를 정리해 펴낸 《역사 속의 사법부》에 따르면, 1948년 당시 가장 흔한 여자 이름은 '순자'와 '영자'였다고 합니다. 2000년대에 들어서며 남자인지 여자인지 선명하게 드러나지 않는 이름이 인기를 끌기 시작했으며, 2008년 출생 신고에 쓰인 이름 중 가장 많은 이름은 '서연'과 '지민'이었다고 합니다. 그야말로 이름의 '탈脫여성화'가 이루어진 것인데, 그건 자신의 딸이 여자보다 인간으로 살아가기를 바라는 부모의 수가 늘고 있다는 뜻일 테니 반가운 일입니다.

이름 얘기는 이쯤 해 두고 다시 진주네 얘기로 돌아가지요. 진주는 어려서부터 '예쁘다, 착하다'는 말을 들으며 순종적인 아이로 자랐습니다. 순한 아기에서 예쁜 소녀가 되었고 매력적인 처녀로 자라 결혼했습니다. 진주가 중매결혼을 했는지 연애결혼을 했는지는 얘기하지 않겠습니다. 요즘은 사랑보다 조건에 맞추어 결혼을 한다지만 사랑에서 출발한 결혼이 미움이 되지 말란 법이 없듯, 조건으로 시작한 결혼이 사랑을 피워 내지 못하란 법도 없습니다. 더구나 결혼 생활을 십 년 넘게 하다 보면 아내나 남편 한 사람을 사랑할 수 있으면 전 인류를 사랑할 수 있다는 걸 알게 됩니다. 그러니 중매결혼, 연애결혼을 군이 구분해 생각할 필요가 없습니다.

예로부터 4년 차이면 궁합도 안 보고 결혼한다는 설이 있는데 진주는 스물여섯 살에 네 살 위인 남자와 결혼을 했습니다. 아버지를 일찍 여읜 남자는 아르바이트를 하며 어렵게 대학을 마친 후 대기업에 입사했습니다. 넉넉하지 않은 집의 딸인 진주도 돈을 벌며 대학을 다녔습니다. 음울한 분위기에서 자란 남자는 진주의 깔끔한 용모와 밝은 웃음을 좋아했고, 진주는 남자의 조용하고 겸손한 태도가 좋았습니다. 자주 만나 밥을 먹고 차를 마시던 두 사람은 밤길의 헤어짐을 더 이상 견딜 수 없게 되자 결혼했습니다.

함께 살기 시작하고 1년여가 흘렀을 때 남자는 진주의 밝음은 겉모습일 뿐 실제로는 매우 우울하고 열등감이 많으며, 깔끔한 외모와 달리 주위를 정리하지 못하는 사람이라는 걸 알게 되었습니다. 진주도 남자가 자신이 생각했던 것과 많이 다른 사람임을 알게 되었습니다. 진주는 소음을 극도로 싫어했는데, 남자는 평상시에도 숨소리가 클 뿐 아니라 잘 때는 큰 소리로 코를 골았습니다. 말이 없어 겸손한 줄 알았지만 그의 침묵은 대개 오만의 반증이었고, 보이는 배려 뒤엔 보이지 않는 이기심이 숨어 있었습니다. 전투의 나날이 시작되었습니다. 진주의 입에선 사흘이 멀다 하고 "이혼하자!"는 말이 나왔습니다.

화해는 주로 잠자리에서 이루어졌습니다. 남편은 "따따부따" 하는 진주의 입을 키스로 막고, 얼음처럼 차가워 보이는 그녀의 몸이 뜨거워지는 걸 보며 안도하고 때로는 의기양양했습니다. 네가 아무리 떠들어도 난 네 입을 막을 방법을 알고 있다고, 아내를 성적으로 만족시키기만 하면 만사가 잘 풀리고 결혼 생활이 유지될 거라고 생각했습니다. 진주는 싸움의 불씨가 된 일들에 대해 남편과 얘기를 나누고 싶었지만 남편은 번번이 입맞춤으로 아내의 입을 막았습니다. 진주의 마음속엔 불만이 쌓였지만 막상 남편과 몸으로 사랑하게 되면 그 순간만은 불만을 잊었습니다.

전쟁터에서 피는 꽃처럼 아이들이 태어났습니다. 어려서 부모가 싸우면 겁을 먹고 숨거나 울던 아이들이, 성장하면서 심판 노릇을 하거나 양비론을 들먹이며 냉소하는 일이 잦아졌습니다. 심지어는 "저희들 걱정 말고 이혼하세요. 이혼해서 편히 사세요." 하는 일도 심심치 않게 있었습니다. 두 사람 모두 상대 아닌 대상에게서 휴식과 즐거움을 찾았습니다. 남편은 술을 마시며 짤막짤막한 연애를 했고 진주는 아이들 교육에 헌신했습니다. 진주와 남편은 각자 자신의 처지를 안타까워하며 상대를 원망했습니다. 언제 저 사람을 사랑한 적이 있었던가, 기억조차 나지 않았습니다. 저 사람과 이렇게 늙어 가야 하다니, 암담한 생각 때문에 밤잠을 설친 날도 많았습니다. 그리고 그날, 격전의 날이 왔습니다.

바람은 없고 햇살은 따갑지만 습도가 높아 세상이 커다란 찜통 같은 여름날이었습니다. 가만히 있어도 땀이 줄줄 흐르는 토요일, 두 사람은 친척의 결혼식에 가야 했습니다. 남편은 어느새 셔츠를 입고 거실의 텔레비전 앞에 앉아 종합격투기를 보고 있었습니다. 세수를 하다가 세탁기의 세탁 완료 소리를 들은 진주는 얼굴을 대충 닦고 빨래를 널러 갔습니다. 텔레비전 화면에선 근육이 울룩불룩한 남자들이 죽어라 싸우고 있었습니다. 남편은 뭐가 그리 신이 나는지 "그렇지! 아이구, 저런. 그럴 때 안 때리면 언제 때리냐!" 하고 소리를 질렀습니다. 달라붙은 셔츠 아래 임신 7~8개월 된 여인의 배 같은 남편의 배가 보였습니다.

진주는 '어휴, 세수를 했으니 뭘 좀 발라야 하는데… 저러고 떠드느니 빨래나 좀 널어 주지.' 속으로만 혀를 찼습니다. 빨래를 널다 보니 양말 두 짝이 모자랐습니다. 세탁기 어딘가에 붙어 있겠지, 빨래를 널고 양말을 찾으러 갔습니다. 얼굴에 돋은 땀을 손으로 씻으며 텔레비전 앞을

지나가려니, 선풍기를 틀어 놓고 앉아 있던 남편이 진주가 잠시 가린 화면을 보려고 목을 옆으로 길게 뺐습니다. 심술이 난 진주는 아예 가던 길을 멈추고 자신의 몸으로 텔레비전을 가렸습니다. 90퍼센트는 심술이지만 10퍼센트는 장난이었습니다.

"아니! 이 여자가 왜 이러나, 결정적 순간에!" 남편이 정말 화난 얼굴로 소리를 질렀습니다. 진주는 무안하기도 하고 화도 났습니다. "만날 보는 거, 그새를 못 참고 야단이야!" 무안을 지우려 짐짓 큰소리로 대꾸했습니다.

"만날 보긴 뭘 만날 봐. 나가 있으면 보고 싶어도 못 보는걸. 오랜만에 그것 좀 보는데 뭐가 그리 심통이야? 오늘이 파이널이라고, 파이널! 결혼식이 1시인데 도대체 언제 갈 거야? 오늘 중에 가긴 가는 거야? 나갈 준비나 할 것이지 왜 모처럼 보고 있는 텔레비전을 가려? 30분 전에 준비 끝내고 앉아 있는 사람 안 보여?"

자기는 한마디를 했는데 남편은 속사포를 쏘아 대니 진주는 기가 막혔습니다. 저 남자가 그 옛날 말없던 바로 그 남자일까? 진주도 질세라 소리쳤습니다. "누가 30분 전에 준비 끝내라고 했어? 천천히 하시지! 왜! 난 놀면서 준비 안 했어? 세수하고 준비하려는데 세탁기가 빽빽거리잖아! 누군 못 들은 척 앉아서 텔레비전이나 보시니 빨래는 누가 널어? 난 뭐 편히 앉아 텔레비전 보는 게 싫은 줄 알아?"

"아니, 누가 지금 세탁기 돌리랬어? 미리미리 좀 돌릴 것이지. 왜 하필 외출 직전에 세탁기를 돌려? 편히 앉아서 텔레비전 본다고? 내가 지금 편한 줄 알아? 겉으론 태연한 척하면서 속으론 저 여자가 언제 심통을 부릴지 모른다, 마음을 졸이고 있었다고. 그러더니 결국 이렇게 되잖아? 도대체 내가 내 집에서조차 마음 편하게 있을 수가 없는 거야?"

"어머, 저 말하는 것 좀 봐! 내가 뭘 그렇게 심통을 부렸다고 나를 보면서 저 여자가 언제 심통 부릴지 모른다고 생각해? 누가 보면 난 만날 심통이나 부리는 줄 알겠네! 누군 세탁기를 지금 돌리고 싶어서 돌려? 비가 자주 오니 해 있을 때 얼른 돌려야 할 거 아냐? 뭐? 마음 편하게 있을 수가 없어? 그만큼 편하게 있으면 됐지, 얼마나 더 편해?"

남편에게서 또 엄청난 포화가 쏟아질 줄 알았는데 일순 조용했습니다. 웬일인가 바라보니 처음 보는 눈으로 진주를 보고 있었습니다. 경멸과 혐오와 원망이 가득한 눈, 유머와 사랑은 흔적도 없었습니다.

"나도 이제 늙었어…."

남편의 입에서 나온 일곱 음절이 바위처럼 무겁게 굴러 떨어졌습니다. 왜 그런지 가슴이 철렁 내려앉았습니다. "나는! 나는 안 늙은 것 같아?" 진주는 짐짓 소리치고 욕실로 갔습니다. 다시 땀범벅이 된 얼굴을 씻고 방에 들어가 화장을 했습니다. 남편이 그런 말을 한 건 처음이었습니다. 나이는 네 살이 많아도 언제나 젊은이 같던 남편이었습니다. 땀을 닦아 가며 화장을 하고 나오니 남편이 일어났습니다. 아무 말 없이 텔레비전과 선풍기를 끄고 앞장을 섰습니다.

"그냥 버스 타고 가지? 그러면 당신 운전 안 해도 되고… 가는 동안에 쉴 수 있으니…." 진주가 부드럽게 말하자 남편이 덤덤하게 대꾸했습니다.

"그래도 되겠어? 모처럼 나들이인데…."

"평일에 만날 운전하는 사람, 주말이라도 쉬어야지…."

"안 돼, 너무 더워서… 당신 예식장에 가기도 전에 펑 젖을 거야."

남편은 아무렇지도 않게 말을 하는데 진주는 가슴이 뭉클했습니다. 차는 주말 한낮 막히는 서울 거리를 가다가 서다가 했지만 둘은 거의 말이 없었습니다. 뭔가 할 말이 마음속에서 보글보글 하는데도 어떻게 시작해야 할지 알 수가 없었습니다.

결혼식장은 붐볐습니다. '신랑측' '신부측'이라 쓰인 팻말이 놓인 책상 앞으로 봉투를 든 사람들의 줄이 길었습니다. 밝은 얼굴이 있는가 하면 '이놈의 결혼식 때문에 주말을 망쳤어!' 하는 듯한 얼굴도 있었습니다. 진주는 살짝 마음이 아팠습니다. '검은 머리가 파뿌리 되도록' 사는 게 얼마나 어려운 일인데, 세상사람 모두 축복만 해 주어도 유지하기 어려운 게 결혼인데….

마침내 신랑이 입장했습니다. 남편이 신랑이던 때가 떠올랐습니다.

반듯한 자세, 자부심과 호기심으로 반짝이던 눈, 날씬한 몸매, 저기 서 있는 신랑보다 멋졌습니다. 진주는 남편을 힐긋 보았습니다. 각이 졌던 몸은 둥글어지고 빛을 잃은 눈도 전 같지 않습니다. 무엇보다 검고 숱 많던 머리가 회색의 성근 머리로 바뀐 게 결정적입니다. 염색을 하라고 할까 생각하는데 신부가 입장했습니다. 신부의 손을 잡고 들어온 아버지가 신랑에게 딸을 맡기고 물러났습니다. 진주는 다시 남편을 보았습니다. 저 신부를 보며 무슨 생각을 할까? 내가 신랑을 보며 자기의 젊었을 적을 생각하듯 이 사람도 신부를 보며 젊었을 적 나를 생각할까?

주례는 아기가 태어나지 않아 위기에 처한 나라를 걱정하며 신랑 신부에게 두 사람을 닮은 아기를 여럿 낳아 다복한 가정을 꾸리라고 당부했습니다. 주례사가 끝나고 축가도 끝나자 사회자가 신랑더러 팔굽혀펴기를 해 보라고 했습니다. 신부를 행복하게 할 체력이 있는지 보겠다면서요. 신랑은 바로 엎드려 팔굽혀펴기를 했습니다. 눈 깜짝할 새 스무 개를 하고 나니 사회자가 아기 다섯 낳는 건 문제없겠다며 좌중을 웃겼습니다.

진주는 아기 둘이 연이어 태어나던 결혼 초를 떠올려 보았습니다. 남편은 시간만 나면 진주의 몸을 탐했습니다. 남편이 자신을 사랑해서 그러려니 하면서도 때로는 도망치고 싶었습니다. 그냥 평화롭게 앉아 음악을 듣거나 차를 마시고 싶어도 그럴 수가 없었으니까요. 그러다 언제부턴가 입장이 바뀌었습니다. 남편은 진주의 몸에 손을 대지 않는데 진주가 남편을 기다리는 일이 잦아졌습니다. 남자와 여자는 생물학적으로 달라 성적性的으로 왕성한 시기도 다르다고 합니다. 일반적으로 남자는 그 시기가 빨리 오고 여자에겐 그 시기가 늦게 온다고, 그래서 성적인 면에선 연하 남자와 연상 여자의 결합이 좋다는 얘기를 들은 적이 있습니다.

결혼식이 끝나고 사람들이 식당으로 몰려갈 때 진주가 남편에게 말했습니다. "우리 그냥 인사만 하고 다른 데 가서 밥 먹으면 안 될까?" 다른 때라면 "무슨 소리야? 부조를 했는데…." 할 남편이 잠깐 진주를 보더니 "그럴까?" 했습니다. 진주는 남편이 자신의 노력을 알아주는 것 같아 기분이 좋았습니다. 전 같으면 아침에 싸운 날은 온종일 전투 모드였지만 언제부턴가 그러지 않게 되었습니다. 젊은 시절에 비하면 늙었지만 더 늙은 시절에 비하면 아직 젊다는 생각을 하면서였습니다. 지난 50년이 얼마나 빨리 지나갔는지 생각하면 남은 시간은 더 빨리 사라질 텐데, 그 빠르게 달아나는 시간을 싸우는 데 써 버리진 말자는 공감대가 형성되었나 봅니다.

둘은 오랜만에 명동의 오래된 돈가스 집에서 점심을 먹고 한 블록 떨어진 카페에서 커피를 마시며 이런저런 얘기를 나누었습니다. "부부가 뭐 하러 집 두고 나가 카페에서 돈을 써?" 하는 사람들이 있지만 분위기가 관계를 이끌 때도 있습니다. 부부간의 대화 증진을 위해 상담을 받는 경우도 있는데 밖에서 마시는 커피 덕에 대화를 나눌 수 있다면 오히려 경제적일 겁니다.

진주와 남편이 그날 주고받은 얘기를 간단히 정리하면, '인생은 짧고 삶은 힘겹다, 그러니 가급적 싸우지 말자. 좀 더 솔직해지자, 상대가 나를 이해하기 쉽게 내 몸과 마음의 상태를 미리미리 상대에게 얘기해주자.'입니다.

돌아오는 길, 진주는 남편의 예전 모습과 오늘 모습을 생각하며 미소 지었습니다. 넘치는 욕구와 힘으로 대화를 내치고 몸으로 해결하려 하던 남편, 적어도 아내와의 관계에 있어서 입은 먹고 키스하는 데만 쓰던 남편이 이제야 입의 대화 기능에 눈을 떴나 봅니다. 진주는 문득 생각했습니다. 육체의 기능도 시간에 따라 변하는구나, 테스토스테론과 에스트로겐이 줄어든다고 채워 넣을 필요는 없겠구나, 진주는 처음으로 나이 드는 게 좋다고 생각했습니다.

나이가 든다는 것

　　앞에서 제 사표師表가 샤츠 박사와 글로리아 스타이넘이라고 말씀드렸는데, 그 두 사람을 사표로 삼은 건 그들의 학식이 높고 유명해서가 아니라 그들이 올바르게 나이 들고 있다고 생각했기 때문입니다. 제 주변엔 좋은 학교를 나온 사람도 많고 머리 좋은 사람도 많습니다. 돈이 많은 사람이 있는가 하면, 돈은 많지 않아도 사회적으로 인정받는 사람들도 있습니다. 스스로 많은 성취를 이룬 사람도 있고, 자신을 희생해 가며 자녀들을 위해 헌신하는 사람들도 있습니다. 세계를 이루는 나무와 풀, 돌과 새들을 비롯한 수많은 생물과 무생물만큼, 사람의 생김과 살아가는 방식도 다양합니다. 그런데 어느 시기가 되면 그 다양한 사람들이 하나의 단어로 규정됩니다. 바로 '노인' 혹은 '노년'이 되는 거지요.

　　우리나라의 65세 이상 노인 인구는 2009년 현재 전체 인구의 11퍼센트를 차지해 사상 최고치를 기록했습니다. 이 비율이 7~14퍼센트 사이일 경우를 '고령화 사회'라 부르고, 14퍼센트 이상이 되면 '고령 사회,' 20퍼센트 이상이 되면 '초고령 사회'라고 부릅니다. 우리나라는 2000년에 7.2퍼센트를 기록, 고령화 사회가 되었습니다. 정부는 2018년엔 고령 사회가 되고 2026년에는 다섯 명 중 한 명이 노인인 초고령 사회가 될 거라고 예상하는데, 현재

추세대로 가면 고령 사회와 초고령 사회 진입이 예상보다 빨라질 것으로 보입니다.

낮에 지하철을 타 보면 한국 사회가 얼마나 빨리 노화하고 있는지 실감할 수 있습니다. 저도 적잖게 나이가 들었지만 지하철에선 앉아 있기 미안할 때가 많습니다. 저보다 높은 연배로 보이는 분들이 대부분이니까요. 머리를 검게 염색했거나 하지 않았거나, 잘 차려 입었거나 대충 입었거나, 주름을 지우는 수술을 받았거나 받지 않았거나, 노인은 노인입니다. "원수의 멸망을 보려거든 그가 늙을 때까지 기다려라 / 늙으면 필연코 추해진다"라고 노래한 이영광 시인 같은 이도 있지만, 노화는 추해짐과 동의어일 때가 많습니다. "늙으면 모두 평등해진다."라는 말 아래에는 '잘난 사람이나 못난 사람이나 늙으면 다 비슷한 주름투성이가 된다'는 의미가 깔려 있습니다. _{이영광, 〈직선 위에서 떨다〉에 수록된 시 '헌책들', 창작과비평사, 2003}

그러나 늙었다고 추한 것은 아닙니다. 늙어서 오히려 멋진 모습도 적지 않습니다. 가장 좋은 예는 나무입니다. 수령 수백 년의 나무들 중엔 멋지지 않은 나무가 없습니다. 곧게 뻗거나 구불구불 휘어진 몸통과 가지, 오래된 잎과 새로 나온 잎의 크기와 빛깔, 돌처럼 단단한 피부, 외양만 멋진 게 아니라 어린 나무들이 흉내 낼 수 없는 기품이 탄성을 자아냅니다. 서울시 지정보호수 제1호는 도봉구 방학4동 546번지에 서 있는 은행나무인데, 둘레 10.7미터, 키 25미터에 수령이 830년에서 1000년 사이라고 합니다. 그 모습이 우아하고 아름다워 예로부터 많은 사람들이 신성시해 왔다고 합니다.

제가 전에 살던 동네의 숲에도 나이 든 나무들이 많았습니다. 개인적 고민이나 사회 문제로 머리가 아플 땐 숲의 오래된 나무들을 찾곤 했습니다. 마른 흙에 발이 자꾸 미끄러질 때 뿌리 깊은 나무를 붙들면 웬만한 경사로도 오를 만했습니다. 양손으로 나무를 감싼 채 고개를 뒤로 젖혀 나무의 정수리를 올려다보고, 또 때로는 그에게 등을 기대고 앉아 망연히 흘러가는 구름을 바라보았습니다. 그렇게 한참씩 나무네 동네에 머물다 보면 이윽고 마음이 편해지고 나무의 속삭임도 들을 수 있었습니다. '괜찮아, 아무 걱정하지 마. 모든 것은 다 지나가니까.' '저 하늘을 봐. 힘들다고 포기하면 안 돼. 하늘이 보고 있으니!' 나무 덕에 한결 가벼워진 머리로 숲을 떠나며 나도 저 나무들처럼 멋지게 나이 들어야지, 다짐했습니다.

불혹, 유혹에 흔들리지 않음

✸

20세기 초 민태원은 "청춘! 이는 듣기만 하여도 가슴이 설레는 말이다. 청춘! 너의 두 손을 가슴에 대고, 물방아 같은 심장의 고동을 들어 보라. 청춘의 피는 끓는다. 끓는 피에 뛰노는 심장은 거선의 기관같이 힘 있다. 이것이다. 인류의 역사를 꾸며 내려온 동력은 바로 이것이다. 이성은 투명하되 얼음과 같으며, 지혜는 날카로우나 갑옷 속에 든 칼이다…"라고 노래했지만, '중년'이야말로 '가슴이 설레는' 말입니다. 다만 중년엔 '이성은 투명하되 따뜻한 차와 같으며, 지혜는 날카로우나 부드럽기가 솜사탕이다'라고 바꿀 수 있겠지요. 중년은 이분법의 지배를 받는 젊은 시절에서 통합과 통찰의 노년으로 가는 현수교와 같고, 그 다리를 받치는 두 기둥은 불혹과 지천명입니다.

　'불혹不惑'이라는 좋은 단어와 짝을 이루는 마흔, 마흔은 제게 참으로 고마운 계기였습니다. '마흔엔 불혹'해야 한다는 말을 자주 듣다 마흔이 되니 '불혹'하고 싶은 마음이 굴뚝같았지만, '미혹되지 아니함'이라는 의미는 잘 잡히지가 않았습니다. '불혹'은 '불-혹'이라고 읽어야 하지만 '부록'이라고 읽을 수도 있습니다. 그걸 빙자해 '마흔 이후의 인생은 부록'이라고 농담도 했습니다. 에리히 캐스트너Erich Kästner(1899~1974)도 '내 인생사를 간단히 말하면'이라는 시에서 이렇게 토로한 적이 있습니다. 《마주보기》, 윤진희 옮김, 한문화출판사, 2004

이제 나는 마흔이 가까워지고 있습니다.
작은 공장을 가지고 있지요.
얼마 전부터 흰 머리가 희끗희끗 생기기 시작했습니다.
내 친구들은 점점 배가 나오기 시작합니다.

나는 감정의 정원을 천천히 거닐어 봅니다.
그 감정들은 이미 죽어 버렸고
그곳에 나는 농담을 심었습니다.

캐스트너의 시를 읽고 '감정들은 이미 죽어 버렸고'에 주목하는 독자가 있는가 하면, '그곳에 나는 농담을 심었습니다'를 중시하는 독자도 있을 겁니다. 전자는 아무래도 감정이 죽어 버린 걸 서운해 하는 사람들일 거고, 후자는 희로애락마저 '농담' 거리로 삼게 된 사람들일 겁니다.

'불혹'은 말 그대로 '혹惑하지 않음'인데, 무엇에 혹하지 말라는 걸까 생각해 보았습니다. 세상은 유혹의 바다입니다. 돈, 이성異性, 권력, 술, 음식, 의복…. 유혹은 즐거움의 다른 이름입니다. 돈이 주는 즐거움이 크니 돈의 유혹을 받고, 권력을 향유하는 즐거움이 크니 권력의 유혹을 받고, 이성異性이 주는 즐거움이 크니 이성의 유혹을 받는 겁니다. 이 모든 즐거움을 포기하고 나면 그렇지 않아도 힘겨운 인생이 더 힘들어지는 게 아닐까 생각했습니다. 그리고 그 생각의 끝에서, 그 즐거움들이 유혹이 되지 않고 즐거움으로 남아 삶에 윤활유를 제공하게 해야 한다는 결론을 만났습니다.

즐거움을 즐기되 즐거움을 주는 것들의 지배를 받지 않으려면 적정선을 정해 그 선을 지켜야 한다는 생각도 들었습니다. 돈을 벌되 양심에 반하는 일을 하지 않고 벌며, 돈을 쓰되 나쁜 목적에 쓰지 말고, 권력을 행사하되 옳지 않은 일에 행사하지 말고, 남성과의 공감이나 우정은 피하지 말되 열정劣情의 포로가 되는 건 경계하자는 겁니다.

즐거움을 즐기되 즐거움을 주는 것에 휘둘리지 않으려니 우선 내가 원하는 게 무언지 알아야 했습니다. 내가 옳다고 생각하는 게 무언지, 내가 하려고 하는 게 무언지… 찬찬히 저를 들여다보니, 대개 옳다고 생각하는 대로 살아오긴 했지만 원하는 대로 살지는 않았다는 생각이 들었습니다. 무엇보다 제가 원하는 게 무언지를 분명히 알아야 했습니다. 바로 제 삶의 목표를 정하는 일이었습니다. 목표를 정해 두고 그 목표에 벗어나는 일을 하지 않는 게 바로 '미혹되지 않음'이라고 생각했습니다.

저는 대학 졸업과 동시에 기자가 되어 1977년 1월부터 12년간 정말 열심히 일했습니다. 그런 제가 그곳을 그만둔 건 1989년 1월 4일입니다. 제가 회사를 그만둔다고 하자 놀라는 동료들이 많았습니다. 누구보다 열심이었고 회사로부터 인정도 받았으니 그곳에 뼈를 묻을 거라 생각한 사람이 많았습니다. 제가 사는 동네로 찾아와 다시 돌아오라고 설득한 선배도 있었습니다. 하는 수 없이 제가 왜 그만두는지 털어놓았습니다.

그건 제가 '좋은 기자'가 되느라 바빠 '좋은 사람'이 되는 일을 소홀히 했기 때문이었습니다. 기자 노릇 12년이 되어 가던 어느 날 문득, 기자로선 유능한 기자가 되었지만 사람으로선 제가 원치 않는 사람이 되었음을 깨달은 것이지요. 일 잘한다는 말을 자주 듣다 보니 바람이 들어 기사 못 쓰는 동료들을 우습게 여겼고, 기자라는 명함을 들고 다니며 대접을 받다 보니 저도 모르게 얼굴과 어깨에 힘이 들어가 있었습니다. 남들이 듣기 좋으라고 하는 말에 현혹되어 제가 정말 잘난 줄 알고, 제 직함에 대한 대접을 제 인격에 대한 대접으로 착각했던 것입니다. 그때 처음으로 칭찬이 사람의 발전을 저해할 수 있음을 알았습니다.

회사를 그만두고 세 권의 책을 영역英譯하면서 얼굴과 어깨에서 힘을 빼고, '기자의 눈'이 아닌 '사람의 눈'으로 사람과 세상을 보기 위해 노력했습니다. 그 15개월의 휴지기休止期 동안, 번역 작업이 힘에 부쳐 머리가 희어지긴 했지만 얼굴과 마음의 독소를 많이 제거할 수 있었습니다. 덕택에 다시 새로운 직장에서 일을 시작할 때는 전보다 조금 나은 사람이 되어 있었습니다. 물론 이 생각도 저만의 착각일 수 있겠지요?

불혹으로 가는 두 개의 열쇠

불혹의 나이에 접어들며 그때 일을 돌이켜보니 제 삶의 목표가 분명히 보였습니다. '좋은 사람'이 되는 것이었습니다.

'좋은 사람'은 첫째 정의롭고, 둘째 사랑이 많은 사람이라는 생각이 들었습니다. 이른바 '사회의 목탁'이라는 기자 노릇을 하며 정의에 관해서는 나름 생각도 많이 하고 실천적 노력도 하던 터였으나, 사랑이 많은 사람이 되기는 힘들 것 같았습니다. 싫고 좋은 게 분명한 성격이어서 마음에 드는 사람만큼이나 눈에 거슬리는 사람도 많았으니까요. 게다가 정의와 사랑이 상충되는 일도 많았습니다. 예를 들어 거리에 침을 뱉는 일은 사소한 일일지는 몰라도 정의에 어긋납니다. 침을 뱉은 젊은이에게 그건 옳지 않은 행동이라고 지적하고 훈계하는 게 정의로운 행동일 겁니다. 사랑은 그런 행동을 하는 젊은이까지 품어 주어야 하는데 저로선 그럴 수가 없었습니다. 그때부터 어떻게 해야 정의와 사랑을 함께 실천할 수 있을까, 제가 보기에 옳지 않은 행동을 하는 사람까지 사랑할 수 있을까, 고민하기 시작했습니다. 그리고 두 개의 실마리를 찾을 수 있었습니다.

첫째는 'benefit of the doubt' 입니다. 갑자기 영어를 쓰는 이유는 이 표현과 맞아떨어지는 우리말 표현이 떠오르지 않아서입니다. 이 숙어의 뜻은 '잘 모를 때는 좋게 보라' 입니다. 어떤 사람이 길에 침을 뱉는 것을 보면 '아니, 저런 못된 사람 같으니, 왜 길거리에 침을 뱉는 거야?' 라는 생각이 듭니다. 나이 든 사람들이 그런 젊은이들을 보면 "이봐! 젊은이, 왜 길에 침을 뱉는 거야? 길이 쓰레기통이야, 변기야?" 하고 호통을 치거나, "에이, 요즘 젊은 것들!" 하고 고개를 돌립니다. 호통을 치는 노인은 자신이 하는 말이 옳기 때문에(혹은 자신이 정의를 실현하고 있기 때문에) 호통을 칠 자격이 있다고 생각합니다. "에이, 요즘 젊은 것들!" 하고 고개를 돌리는 노인은 용기 부족으로 대놓고 호통을 치진 못하지만 가슴속엔 '요즘 젊은이들' 에 대한 분노와 불만이 쌓입니다.

그때까지의 저는 호통 치는 노인과 같았습니다. 저 사람이 잘못한 것이니 내가 그 잘못을 지적하며 화내도 된다고 생각했습니다. 어려서 아버지에게 "옳은 말을 할 때 낮은 목소리로 하라." 고 배웠는데도, 나이 들며 다 잊고 말았습니다. 때로 상대가 무섭게 보이거나 제 상황으로 인해 호통 칠 수 없을 때는 용기 없는 노인처럼 속으로 분노하며 불만을 쌓았습니다. 그러다 'benefit of the doubt' 에 입각해 생각을 바꾸기 시작했습니다. '어쩜 저 젊은이는 시민이 갖추어야 할 기본적인 소양을 배우지 못한 건지 몰라. 길에 침을 뱉는 게 옳지 않은 행동이라는 걸 모르는 거야.' 하는 식으로 생각하게 된 것입니다.

그러던 어느 날 지하철 안에서 호호할머니를 보았습니다. 여든은 좋이 되어 보이는 할머니가 양손에 보퉁이를 잔뜩 들고 서 계시는데, 할머니 바로 앞에는 중학교에 다니는 듯한 여학생 둘이 앉아 얘기꽃을 피우고 있었습니다. 전 같으면, '아니, 저것들이? 할머니가 서 계신데 일어나지도 않고!' 하며 화를 냈겠지만, 그날은 '저 학생들이 얘기에 열중해서 할머니를 보지 못했구나!' 하고 생각했습니다. 미소 띤 얼굴로 한 학생의 어깨를 살짝 건드리며 "여기 할머니가…"라고 말했을 때 두 학생이 동시에 벌떡 일어나며 "할머니, 여기 앉으세요!"라고 외쳤습니다. 제 생애를 통틀어 화내지 않고 문제를 해결한 건 그때가 처음이었습니다. 한 번 성공하고 나니 그 다음엔 그렇게 하는 게 썩 어렵지 않았습니다.

두 번째 실마리는 '역지사지易地思之'입니다. 역지사지는 다른 사람을 이해하는 데 큰 도움이 됩니다. 손님 많은 가게와 손님 없는 가게가 있을 때 손님 없는 가게를 돕고 싶어 일부러 갔는데 주인이 영 불친절할 때가 있습니다. '뭐 이런 사람이 다 있어, 일부러 왔는데?' 기분이 나빠집니다. 그러나 그 사람 입장이 되어 생각해 보면 이해가 됩니다. 손님은 없고 가게 임대료는 내야 하고, 계속 쪼들리다 보니 신경이 곤두서게 된 거지요. 물론 장사가 안 될수록 찾아오는 손님에게 친절해야 하지만 당위는 종종 실재에게 지고 맙니다. '곳간에서 인심난다'는 말처럼, 살림에 여유가 없을 때 타인에게 여유롭기는 쉽지 않습니다. '역지사지'는 내심사를 자극하는 사람이 있을 때 우선 그 사람과 나의 입장을 바꿔 보는 것입니다. 늙어 가는 남편이 미울 때 '그이의 눈에 나는 어떻게 보일까?' 생각해 보는 식이지요. 아내와 대화하길 거부하고 무조건 윽박지르는 남편은 그런 분위기에서 성장했을 가능성이 아주 높습니다. 그럴 때 상대방의 잘못이나 결함을 낱낱이 지적하는 대신 '내겐 어떤 결함이 있을까, 나는 어떤 잘못을 저질렀을까?' 생각해 보는 게 좋겠지요. 사람의 같음이 바다와 같다면 사람의 다름은 그 바다 위에 생겼다 사라지는 물거품과 같으니까요.

2010년 초 부산에서 중학교 입학을 앞두고 있던 13세의 이유리 양이 실종되었습니다. 2월 24일 실종된 소녀는 3월 6일에 시신으로 발견되었고, 3월 10일엔 소녀를 납치, 성폭행하고 살해한 혐의로 33세의 김길태 씨가 검거되었습니다. 실종되었던 동네의 재개발 지역 물탱크 안에서 시신으로 발견된 소녀와 그 가족을 생각하면 그 비통함을 말로 표현할 수 없습니다. 그러나 피의자 김씨가 살아온 33년을 생각하면 그만을 비난하기도 어렵습니다.

그는 1978년 부산 사상구의 한 교회 앞에 버려져 있다가 현재의 부모에게 입양되었으며 '길태'라는 이름도 '길에서 태어났다'는 뜻으로 지었다고 합니다. 초등학교 때는 공부를 열심히 했으나, 고아라는 사실을 알고부터 방황하기 시작해 절도 등 범죄를 저질러 소년원에 드나들었고, 상고商高에 진학했으나 1학년 때 중퇴했다고 합니다. 열여덟 살 때 폭력 행위로 징역 10월에 집행유예 2년을 선고 받은 이래 납치, 성폭행 등을 반복해 생애의 삼분의 일인 11년을 교도소에서 보냈습니다.

김길태 사건이 매스컴에 보도되자 "저 짐승 같은 놈을 당장 사형시켜야 한다!"는 목소리가 높았습니다. 김길태 사건만이 아니라 끔찍한 사건이 터질 때마다 사법 절차를 밟을 필요도 없이 죄 지은 자를 사형에 처해야 한다고 주장하는 사람들이 많습니다. 그러나 만일 김씨가 대부분의 운 좋은 사람들처럼 유아기에 길에 버려지지 않고 어머니의 사랑과 아버지의 훈육을 받고 자랐다면, 김씨를 입양한 부모가 그의 이름을 '길태'라고 짓는 대신 '철수'나 '지민'이라 짓고, 길에 버려져 있던 너를 우리가 데려다 키웠다고 하는 대신 '네 부모님이 교통사고로 돌아가시어 우리가 너를 키우게 됐다'는 식으로, 어린 나이에 감당하기 힘든 진실을 훗날 그가 성장한 후로 미뤄 두었으면 어땠을까요? 그래도 그가 생애의 삼분의 일을 감옥에서 보내게 되었을까요?

불행하다고 다 나쁜 짓을 하는 것은 아니라고 주장하는 사람들도 있습니다. 물론 그렇습니다. 김길태 씨처럼 불행한 상황에 처했으나 온갖 역경을 이겨 내고 반듯하게 자라 사회적으로 인정받는 사람으로 성장하는 사람들도 있긴 있습니다. 그러나 불운을 이기고 인정받는 인물로 자라는 사람은 극소수에 불과합니다. 대부분의 경우, 특히 오늘날의 한국처럼 부와 지위가 세습되는 나라에서 그런 사람은 그야말로 '희귀동물'입니다. 거기에 죄를 지은 사람을 마음 놓고 비난할 수 없는 이유가 있습니다. 어떤 사람이 불 보듯 뻔한 죄를 저질렀을 때조차 그를 미워하는 대신 역지사지해야 하는 이유가 있습니다. 역지사지하다 보면 '죄는 미워하되 죄인을 미워하진 말라'는 격언의 의미를 알게 되고, 그 격언을 실천도 하게 됩니다.

애인싸움 vs 부부싸움

김길태 사건은 지극히 극단적인 예이지만, 부부나 애인, 친구 사이에서 일어나는 갈등도 역지사지로 풀 수 있는 경우가 흔합니다. 가끔 커피를 마시러 들른 카페에서 싸움의 증인이 될 때가 있습니다.

"어젯밤에 왜 전화를 꺼 놓았어?"

"얘기했잖아, 배터리가 다 되었었다고."

"배터리가 다 되었다고? 집에 몇 시에 갔는데? 집에 가서 충전했을 거 아냐? 근데 왜 전화 안 했어?"

"말했잖아? 집에 가서 충전기에 꽂아 놓고 잠들었다고!"

"잠들었다고? 몇 시에? 몇 시에 집에 갔는데? 날더러 그걸 믿으라고?"

"그래! 사실이니까 믿어!"

두 연인의 얼굴이 점점 험악해집니다. 그러나 역지사지할 줄 아는 사람들은 싸우지 않습니다. 누구나 때로는 배터리가 바닥나 전화를 받지 못하는 경우가 있으니까요. 배터리가 바닥나기 전에 충전을 해 두어 전화를 받지 못한 일이 한 번도 없는 사람이라고 해도, 피치 못할 사정으로 전화를 받지 못한 적은 있을 겁니다.

그러니 애인이나 남편이 배터리가 바닥나서 전화를 받지 못했다고 하면 그렇게 믿어 주면 됩니다. 정말 배터리가 바닥났는지 아닌지가 중요한 게 아니고, 그 사람이 내게 그렇게 말한다는 게 중요합니다. 정말 배터리가 바닥났을 때는 말할 것도 없지만, 배터리가 바닥나지 않았다 해도 그 사람이 그렇게 말하면 그대로 믿어 주면 됩니다. 그 사람이 거짓말을 할 수밖에 없는 상황일 테니까요. 이런 싸움은 보통 젊은이들이 합니다. 중요한 게 무엇인지 잘 모를 때이니까요. 나이 든 사람들이 이렇게 싸운다면 그건 나이를 잘못 먹은 겁니다. 나이를 잘 먹은 사람이라면 똑같은 상황에서 이런 식으로 주고받을 겁니다.

"어젯밤에 전화가 안 되던데?"

"배터리가 바닥났었어."

"저런, 불편했겠다."

"그러게 말이야. 어제따라 전화 건 사람이 많았더라고."

"충전할 데가 없었나 보네."

"집에 가서 충전기에 꽂았는데 바로 잠이 들었어."

"오늘 아침에 꽤나 시달렸겠네."

"말도 마. 아주 죽을 뻔했어."

제가 아는 어떤 중년 부인은 이렇게 말합니다. "그 말을 왜 믿어 줘요? 거짓말 하는 게 틀림없는데?" 그 부인의 남편은 일주일에 두 번은 꼭 친구들과 술을 마시는데 그럴 땐 아예 전화를 받지 않는다고 합니다. 왜 전화를 안 받았느냐고 따지면 늘 배터리가 떨어졌다고 한답니다. 부인은 남편을 사랑하기 때문에 남편이 밤늦도록 술을 마셔 건강을 해치는 게 싫다고 합니다. 부인은, 자신은 남편을 생각하지만 남편은 집에서 기다리는 자신을 생각하지 않고 하고 싶은 대로 한다며 남편을 원망합니다. 그러나 제가 보기엔 남편도 부인을 사랑합니다. 배터리가 떨어졌다고 하는 남편의 거짓말이 그 사랑의 증거입니다. 사랑하지 않는다면 이렇게 말했겠지요.

"전화를 받으면 당신이 술 먹지 말고 들어오라고 할 것이 뻔하고, 그러면 술맛이 떨어질 텐데 내가 왜 당신 전화를 받아?"

부인은 남편이 저렇게 술을 마셔 대다가는 간암에 걸릴 거라고 걱정하며, 어떻게 하면 좋겠느냐고 물었습니다. 저는 우선 술을 전혀 마시지 않는 사람 중에도 간암에 걸리는 사람이 있고 술을 많이 마셔도 걸리지 않는 사람이 있다고 얘기해 주었습니다. 부인이 또 "당신 남편이 우리 남편처럼 술을 마시고 다니면 어떻게 하겠느냐?"고 묻기에 비난 받을 각

오를 하고 이렇게 말해 주었습니다.

"남편이 배터리가 떨어졌다고 하면 그대로 믿어 주고, 다음부터 그의 배터리가 떨어지지 않게 자는 시간 동안에 배터리를 충전해 주겠다, 남편이 술 마시고 온 다음날 아침엔 꼭 꿀물을 타 주거나 북어국이나 콩나물국을 끓여 주겠다, 그리고 가끔 이렇게 말할 것이다. 나는 당신이 술 때문에 건강을 해칠까 봐 걱정이 된다, 그러니 술을 마실 때는 꼭 좋은 술로 마시고, 안주도 몸에 좋은 것으로 골라 먹어라. 당신도 이렇게 술을 자주 많이 마시면 힘이 들 거다, 그런데도 이렇게 마시는 건 내가 줄 수 없는 위안을 술이 주기 때문일 테니, 내 무능력이 미안하다. 술을 마시는 사람 모두가 간암에 걸리는 건 아니지만 그럴 확률이 높다니 걱정이다, 당신이 병들어 고통스러워 해도 내가 그 고통을 나누어 겪을 순 없을 테니 당신이 그렇게 되지 않았으면 좋겠다."

물론 남편에게 하는 말은 모두 진심입니다. 진심은 대개 마음을 움직입니다. 진심을 얘기해서 그의 마음을 움직일 수 있으면 좋지만 그렇지 않다 해도 어쩔 수 없습니다. 학창 시절 두어 페이지 보다가 포기한 영어 참고서에 이런 구절이 있었습니다. "말을 물가로 데려갈 순 있지만 억지로 물을 먹일 순 없다You can lead a horse to water, but you cannot make him drink." 나이가 들수록 새록새록 옳은 말임을 확인하게 됩니다. 짐승도 그런데 사람을, 더군다나 나이 든 사람을 내 마음대로 할 수는 없습니다.

지천명, 하늘의 뜻을 알다

몇 해 전 우리나라 최초의 여성 헌법학자이며 여성가족부의 전신인 여성특별위원회의 초대 위원장을 역임하신 윤후정 선생을 뵈었을 때입니다. 각 연령대에서 해야 할 일에 대해 얘기하시다가 오십대에 이르자 선생의 얼굴이 문득 조명을 받은 듯 환해지더니 "오십대에 삶의 희열을 느끼지 못하면 참으로 불행한 사람이지요." 하고 말씀했습니다. 저는 막 그 '희열'을 느끼고 있던 참이라 "맞습니다, 맞아요!" 하고 맞장구를 쳤는데 동석했던 선배는 뜨악한 표정이었습니다.

"정말이야? 자긴 그 희열을 알아?" 나중에 저와 단둘이 있게 되자 선배가 물었습니다.

"네, 느껴 보았어요. 아니, 지금도 느끼고 있어요. 오십대에 들어서니 저를 싸고 있던 껍질, 저를 누르고 있던 바위 같은 것들이 모두 사라지는 느낌이 들어요. 겨드랑이에서 날개가 돋는 기분이 들면서 날 수도 있을 것 같아요."

막 예순을 넘긴 선배는 "아, 난 왜 그런 걸 느껴 보지 못했을까?" 탄식하더니 곰곰이 생각했습니다.

"아, 그때 난 너무 정신없이 살았어. 직장 일에 파묻혀 밤이고 낮이고 일에 끌려 다니느라 쉰이 된 것도 몰랐어." 그러고 보니 선배는 모 대학의 홍보 담당자로 눈코 뜰 새 없이 바빴습니다.

"맞아요 선배, 그때 정말 바쁘게 지내셨어요. 오십대에 청년의 삶을 사셨으니 지금 오십대를 사시면 되겠네요. 삶의 희열도 느껴 보시고…."

"삶의 희열? 그걸 어떻게 해야 느낄 수 있는데?"

"글쎄요… 그건… 선배님이 알아서 하셔야지요."

제 선배의 경우에서 보듯, 윤후정 선생이 말씀하신 '삶의 희열'이 오십대 사람 누구에게나 찾아오는 것은 아닐 겁니다. 제 경우에도 쉰 살이 되는 날 갑자기 그 희열을 느낀 것은 아닙니다.

'불혹' 덕에 무엇에도 미혹되지 않으려 애쓰며 50세에 이르자, '쉰살에 지천명'해야 한다는 말이 다시 거대한 숙제가 되어 다가왔습니다. '지천명知天命'도 '불혹'만큼 자주 들어 온 말이지만 무슨 뜻인지 확실히 알 수가 없었습니다. '천명'은 '하늘의 명' 즉 '하늘의 뜻'인데, 그 뜻을 안다는 건 무엇일까, 밤낮으로 씨름하다 보니 '지천명'은 '불혹'의 연장

선상에 있다는 생각이 들었습니다. '불혹'이 무엇에도 혹하지 않음으로써 자신을 유지하는 '소극적' 상태라면, '지천명'은 그 상태에서 한 발 더 나아가 자신이 해야 할 일을 깨달아 행하는 '적극적' 상태입니다.

　　세계엔 70억 가까운 사람이 살고 있지만 '나'는 유일하며, 이 '나'가 해야 할 일, 즉 '하늘이 내게 내린 명령'을 알아내어 그것을 해야 한다는 겁니다. '불혹'은 유혹에 흔들리지 않는 것인데 유혹에 흔들리는 건 욕심 때문이니, '욕심을 버려야 하늘의 명령을 알 수 있겠구나' 하는 생각이 들었습니다.

　　부모, 형제부터 친구에 이르기까지 '나'를 안다고 생각하는 사람들은 늘 여러 가지 조언을 합니다. 하지만 무엇보다 중요한 것은, 남들이 듣기 좋으라고 하는 소리에 혹하거나 욕심으로 인해 쓸데없는 일에 빠지면 안 된다는 겁니다. 나를 진정으로 사랑하는 사람이 하는 말이라 해도 남의 말에 무조건 따르면 안 됩니다. 남들은 나를 나만큼 모르니까요. 물론 내가 무엇을 잘하는지, 내가 무엇을 원하는지 잘 모를 때라면 부모를 비롯한 다른 사람들의 말을 듣고 따를 수도 있겠지요. 그러나 '불혹'과 '지천명'이 되어서도 남의 말에 좌지우지 된다면 나이를 잘못 먹은 겁니다.

　　'하늘이 내린 명령'을 알아내는 건 그렇게 어려운 일이 아닙니다. 어떤 일을 결정할 때 머리가 작동하기 전에 가슴의 소리를 들으면 되니까요. 어떻게 듣느냐고요? 그건 맨 처음 떠오르는 것을 잡는 겁니다. 예를 들어 어떤 사람을 처음 만나 그이의 맑은 인상에 호감을 느꼈다고 할 때, 그 느낌은 가슴의 소리일 겁니다(물론 머리 쓰는 게 몸에 배어 가슴이 아주 퇴화된 사람의 느낌은 예외로 합니다). 그런데 나중에 다른 사람들이 "그 사람, 사람은 괜찮은데 집안이 별로야." "그 사람 직장이 변변치 않아." "그 사람, 돈이 없어. 하는 식의 말을 하면, '그 사람하고 만나면 손해를 보는 게 아닐까?' '그 사람을 사귀다 더 나은 사람을 놓치게 되는 거 아닐까?' 고민이 시작됩니다. 머리가 작동하기 시작한 겁니다. 이때 머리의 작용을 따르게 되면, 가슴 대신 머리를 쓰는 삶을 살게 됩니다. 마음으로부터 솟구치는 기쁨 대신 이익을 추구하는 삶을 살게 될 가능성이 많아집니다. 19세기와 20세기를 이은 대가로 일컬어지는 프랑스 화가 폴 세잔Paul Cezanne(1839~1906)도 "그림을 그리다 생각하기 시작하면 모든 게 사라진다."고 말한 적이 있습니다. '생각'에는 여러 가지 의미가 있지만 '머리 쓰기'와 동의어로서의 '생각'은 가급적 하지 않아야 후회 없는 삶을 살 수 있습니다.

윤후정 선생이 "오십대에 삶의 희열을 느끼지 못하는 사람은 불행하다."고 한 것은, 오십대야말로 여성 혹은 남성이 '불혹'과 '지천명'을 통해 자신의 진면목을 찾고, 거기에 합당한 삶을 살기 시작하는 때이기 때문일 것입니다. 이러니 나이가 든다는 건 여러 가지 불유쾌한 증상에도 불구하고 그렇게 나쁜 것이 아닙니다. 아니, 어쩌면 나쁘지 않은 정도가 아니고 크나큰 축복일지 모릅니다. 특히 '불혹'과 '지천명'에 이르지 못하고 이 세상을 떠난 사람들을 생각하면 그렇습니다. 아주 뛰어난 사람이라면 50세에 이르기 전에 '불혹'과 '지천명'을 깨닫고 실천할 수 있겠지만, 대부분의 사람들은 나이의 도움이 있어야만 이 자유의 경지에 들 수 있으니 말입니다.

나이는 '양날의 검'과 같습니다. '불혹'과 '지천명'으로 시작되는 축복받은 '제3의 생'을 살게 해 줌과 동시에 '노화'라는 수업료를 지불하게 하니까요. 다행인 것은 '노화'가 곧 '악화惡化'는 아니라는 것입니다. 올바르게 나이 들기 위해 노력한다면 '노화' 또한 '아름다운 승화'로 만들 수 있습니다.

축복에는 반드시 대가가 따릅니다

나이가 가져오는 정신적 변화가 '불혹'과 '지천명'으로 얻어지는 정관靜
觀과 자유라면, 신체의 노화는 그 긍정적 변화를 위해 치러야 하는 비싼
값입니다. 얼굴, 목, 손, 팔 등 햇빛에 자주 노출되었던 부분엔 주름과 기
미와 검버섯이 늘어나고, 탄탄했던 근육은 물렁해지며 뼈와 살은 서서히
분리되기 시작합니다. 눈꺼풀은 낡은 커튼처럼 처지고 입가에는 작은 주
름이 조름조름 자리를 잡습니다. 근육 없는 목은 닭의 목처럼 쭈글쭈글
해지고, 줄어든 머리숱은 희어지거나 가늘어지고 그 아래 반질반질한 맨
살이 드러납니다. 여지들, 특히 젊어서 "예쁘다!"는 말을 들으며 산 사람
일수록 신체의 노화에 민감합니다. 사십대까지 어찌어찌 버티던 여인들
이 오십대에 들어서며 피부 관리와 성형수술을 받는 일이 늘어납니다.

여성의 신체가 겪는 가장 큰 변화는 월경이 사라지는 것입니다. 한
달에 한 번씩 찾아와 때로는 복통과 두통을 주고 때로는 불쾌감과 우울
증을 일으키던 '피의 일주일'이 사라지는 겁니다. 저는 중학교 시절 월

경을 시작한 이래 줄곧 생리통으로 고생했습니다. 결혼 전엔 "결혼하면 괜찮아질 거야."라는 말에 희망을 걸었고, 결혼 후엔 "아이 낳으면 괜찮아질 거"라는 말에 기대를 품었습니다. 그러나 아기를 낳고도 생리통은 사라지지 않았습니다.

그러다 보니 오십대 중반 월경과의 결별로 생리통과도 헤어진 후 제 인생은 순식간에 가벼워졌습니다. 한 달에 일주일은 심한 통증에 시달리고 전후 각 일주일씩은 생리전증후군과 생리후증후군으로 고통 받다가 자유의 몸이 되니, 말 그대로 날아갈 것 같았습니다. 폐경으로 인해 우울하다고 하는 친구들은 저처럼 지독한 생리통을 경험해 보지 않은 사람들입니다. 이런 것을 보면 역시 '좋기만 한 것도 없고 나쁘기만 한 것도 없다'는 생각이 듭니다. 저도 생리통을 몰랐다면 폐경이 축복이라고 생각할 수 없었을지 모르니까요.

폐경이라는 단어 속의 '닫힐 폐閉' 자가 '여성으로서의 인생이 끝났음'을 뜻한다며 우울해하는 사람들이 있는데, 저는 제가 '폐경'을 기쁘게 받아들이는 것처럼 세상의 모든 언니들과 동생들 또한 그러기를 바랍니다. 문이 하나 닫히면 다른 문 하나가 열립니다. '폐경'은 가임 여성으로서의 나날에 종말을 고하고, 생식의 의무와 임신의 공포로부터 자유로운 '휴먼'으로서의 나날을 시작하게 하는 즐거운 계기입니다.

물론 모든 좋은 일엔 나쁜 일이 따라옵니다. 여성의 삶을 훨씬 자유롭게 해 주는 폐경도 여러 가지 문제를 수반합니다. 무엇보다 여성의 성호르몬 중 가장 중요한 역할을 하는 에스트로겐이 줄어들면서 에스트로겐이 분비하는 신경 전달 물질인 세로토닌도 감소합니다. 세로토닌은 도파민과 노르아드레날린 등으로 인한 쾌락이나 불안 등을 억제하여 평온한 상태를 유지할 수 있게 하는데, 세로토닌이 감소하며 이른바 갱년기 우울증을 부채질합니다. 또한 혈관 내에 지방이 침착하는 것을 막아 심혈관을 보호하고 동맥경화를 예방하던 에스트로겐 분비가 줄면서 심장병에 걸릴 위험이 증가하는가 하면, 골다공증 또한 빠르게 진행될 수 있습니다. 체중의 증가와 질의 건조화 같은 증세들도 폐경을 더욱 반갑잖은 손님으로 보게 합니다. 그러나 생각을 바꾸면 폐경은 '자유'의 다른 말입니다. '남자의 손만 잡아도 임신'할 것 같아 걱정하며 즐기던 성생활도 임신 걱정 없이 즐길 수 있습니다.

젖은 낙엽, 마른 낙엽

신체의 노화는 왕왕 정신까지 약화시킵니다. 더 이상 젊지 않은 육체를 의식하면 할수록 자신이 초라해 보이고, 늙어 갈 일이 걱정됩니다. 우리나라처럼 외모를 중시하고 젊고 건강한 사람만이 살기 편한 사회에서 그런 걱정을 하는 건 지극히 당연한 일입니다.

2009년 여름 국민건강보험공단이 발표한 통계를 보면, 우리나라의 중장년 여성은 다른 연령층보다 훨씬 심한 스트레스를 겪는다고 합니다. 인구 10만 명당 스트레스 환자 수로 볼 때 50대 여성이 355명으로 가장 많았고, 40대 여성 339명, 30대 여성 284명, 20대 여성 243명 순이었다고 합니다. 반면에 50대 남성의 경우에는 10만 명당 스트레스 환자가 181명밖에 되지 않았습니다. 중년 여성의 스트레스가 높은 이유는 갱년기에 여성의 호르몬 변화 속도가 남성보다 빠르고, 남편의 퇴직이나 자녀의 구직과 결혼 등 고민거리가 많아서라고 합니다.

여성이 '생물학적'으로 남성보다 우울증과 각종 스트레스 장애에 더 취약하다는 연구도 있습니다. 2010년 여름 미국 펜실베이니아대학교의 신경과학자 리타 발렌티노Rita Valentino 박사가 이끄는 연구팀은, 여성의 뇌는 낮은 수준의 '부신 피질 자극 호르몬 방출인자CRF'에 더 예민하며 CRF 수준이 높을 때 대처하는 능력도 낮다고 발표했습니다. 연구팀은 실험용 쥐들을 억지로 헤엄치게 만들어 스트레스를 유발한 결과, 스트레스를 받은 수컷 쥐는 자신을 호르몬에 덜 반응하도록 만들어 적응했으나 암컷 쥐는 그렇게 하지 않음을 밝혀냈습니다. 이 연구 결과를 인간에게 그대로 적용하는 것은 과학적으로 무리가 있지만, 여성이 스트레스 관련 장애에 남성보다 두 배나 취약한 이유를 설명하는 데는 도움이 됩니다.

남성도 여성처럼 성 호르몬(테스토스테론)의 분비 감소로 갱년기를 겪는다는 학설이 있었으나, 2010년 6월 이에 대해 의문을 제기하는 연구 보고서가 나왔습니다. 미국 의학 전문지 《뉴잉글랜드 저널 오브 메디신 New England Journal of Medicine》에 실린 보고서에 따르면, 임페리얼 칼리지 등 영국의 3개 대학 공동 연구팀이 40~79세의 남성 3,369명을 대상으로 테스토스테론 수치를 측정하고 성적·신체적·심리적 건강 상태를 조사한 결과, 남성 갱년기 증세는 조사 대상의 2퍼센트에서만 나타났다고 합니다. 사십대 이후 모든 여성이 폐경기 증세를 겪는 것과 뚜렷하게 대비되는 결과입니다.

타고난 신체적 차이에다 나이 들며 겪는 변화까지 이렇게 다르니, 중년이나 노년 남자들이 또래 여성들을 이해하지 못하는 건 당연합니다. 아내가 갱년기 증세로 괴로워하는 걸 보며 안쓰러워하기는커녕, "저 혼자 나이 먹나?" 하며 구시렁거리는 남자들이 많습니다. 무지의 소치이니 화를 내기보다는 남자와 여자가 겪는 갱년기가 어떻게 다른지 설명을 해주어야 합니다.

중년에 겪는 신체적 변화와 그것이 초래하는 정신적 영향만큼 중요한 것은 사회적 변화입니다. 신체적 변화가 남성보다 여성에게서 더 광범위하고 뚜렷하게 나타난다면, 사회적 변화는 남자들이 더욱 심하게 겪게 됩니다. 대부분의 남자들이 다니던 직장에서 자의나 타의로 은퇴하기 때문입니다. 물론 직장 생활을 오래 하다 은퇴하는 여성의 경우도 마찬가지입니다.

은퇴의 후유증은 사람마다 다르게 나타나지만 가장 보편적인 증세는 긴장이 풀리는 것입니다. 꽉 짜인 생활을 할 때와 달리 은퇴자의 하루는 늦게 시작하고 느리게 진행됩니다. 활동량이 줄면서 피로감은 오히려 가중되고 면역력은 감소하여 직장에 다닐 때보다 자주 아프게 됩니다. 또 자신이 이제 사회에 필요한 존재가 아니라는 생각에 젖기 시작하면 우울증까지 앓게 됩니다. 65세 인구 중 우울증을 앓는 사람의 비율은 10명에 1명꼴이나 된다고 합니다.

일하던 배우자 혹은 부부의 은퇴는 필연적으로 부부 관계의 변화를 가져옵니다. 전업주부로 살아온 부인은 은퇴한 남편이 가사에 참여해 주기를 기대하는데, 남편이 기대에 부응하면 은퇴 후 결혼 생활이 평화롭게 흘러가지만 그렇지 않을 땐 스트레스의 연속이 됩니다.

제 친구 하나는 자기 남편이 '그런 사람인 줄 몰랐다'는 말을 입에 달고 삽니다. 남편은 은행원으로 일하면서 높은 자리에까지 올랐는데, 늘 퇴근이 늦어 평생을 한집에서 살아도 함께 있는 시간은 얼마 되지 않았다고 합니다. 아침 일찍 가벼운 식사를 하고 출근해서는 늦게 퇴근해 돌아와 잠자리에 들었고, 주말엔 주말대로 골프를 치러 가거나 밀린 잠을 자는 일이 많아 부부가 함께할 시간은 없었다는 겁니다. 그런데 남편이 은퇴를 하더니 아주 가끔 외출할 때를 제외하곤 늘 아내와 함께 있다고 합니다. 아내로선 하루 세끼 식사를 준비하는 것만 해도 버거운데, 남편은 살림 감독까지 한다고 합니다. 수시로 냉장고 문을 열고 "왜 이리 냉장고 안이 복잡하냐? 상해서 나가는 식재료가 이렇게 많으니 도대체 살림을 어떻게 하는 거냐?" 지적을 한다고 합니다.

저희 부모 세대인 여든 안팎 어른들의 경우엔 부부 갈등이 더욱 심합니다. 은퇴 후 집에만 있는 남편이 아내의 외출을 극도로 싫어해서 친구들로부터 서서히 소외되는 아내도 있습니다. 일본에선 은퇴한 후 아내의 골칫거리로 전락한 남편을 '소다이고미そ-だいごみ' 또는 '누레오치바ぬれおちば'라고 부르는데, '소다이고미'는 동사무소에 신고를 하고 버려야 하는 냉장고나 소파 같은 대형 폐기물을 뜻합니다. '누레오치바'는 '젖은 낙엽'이라는 뜻으로, 줄곧 아내를 따라다니는 남편이 신발 바닥에 붙은 '젖은 낙엽' 같다고 해서 이런 표현을 쓰게 되었다고 합니다. '은퇴남편증후군Retired Husband Syndrome: RHS'이라는 용어도 일본에서 생겼습니다. 이 용어를 처음 만든 사람은 구로가와 노부오黑川順夫 박사인데, 그는 은퇴한 남편을 둔 일본 여성의 60퍼센트가 이 심신질환으로 고통 받고 있을 거라고 추정합니다.

은퇴 후 생활을 잘 보내기 위한 여러 가지 조언이 쏟아집니다. 운동하라, 사람들과 어울려라, 봉사활동을 하라, 부부 간에 대화 시간을 늘려라, 취미 생활을 하라… 전문가마다 각기 다른 조언을 쏟아내는데, 제 생각에 가장 좋은 일은 은퇴 전부터 하고 싶었으나 하지 못한 일을 하는 것입니다. 그 일이 운동이면 운동을 하고, 그 일이 봉사활동이면 그 일을 하면 되겠지요.

그 점에서 가장 눈에 띄는 사람은 올해 85세의 한의학자 류근철 박사입니다. 그는 2008년 8월 카이스트KAIST(한국과학기술원)에 개인으로는 최고액인 578억 원을 기부했습니다. 그러나 제가 그분을 예로 드는 건 기부 때문이 아니고, 그분이 자신의 오랜 꿈을 좇고 있어서입니다. 류 박사의 어릴 적 꿈은 공학자가 되는 것이었다고 합니다. 가슴에 '공학'의

'工'자를 써 붙여 다니기까지 했으나 태평양전쟁 후 고생하는 부모에게 빨리 돈을 벌어 드리기 위해 한의사가 되었다고 합니다. 한의사가 되어 번 돈을 모두 카이스트에 기부한 건, 카이스트가 최고의 공학자들을 키워 내게 하기 위해서라고 합니다. 류 박사는 돈을 기부하는 데 그치지 않고, 스스로 하고 싶었으나 하지 못했던 의료기기 제작에 나섰습니다. 그분이 제작한 '닥터 류 헬스 부스터'는 목과 허리의 디스크, 관절염, 노화 방지 등에 효과가 좋다고 합니다. 그분은 카이스트가 차려 준 연구소 겸 치료소에서 연구하는 틈틈이 학생들을 치료하며, 여느 학생 기숙사와 다를 것 없어 보이는 작은 방에서 생활합니다. 카이스트는 대전에 있으니 류 박사는 대전에서, 부인은 서울에 있는 집에서 생활하며 가끔 만납니다.

문제는, 하고 싶은 일이 없거나 무엇을 하고 싶은지 모르는 사람들입니다. 젊어서 자신이 원하는 것이 무엇인지 모른 채 유행을 쫓아다니던 사람들이 늙으면 내개 고정관념의 포로가 되기 쉽습니다. 50세만 되어도 "이제 나이가 오십이나 되었는데 무슨 공부를 하고 무슨 새로운 일을 하느냐?"며, 건강이 제일이라고 산이나 헬스클럽에만 다닙니다. 텔레비전을 보아도 중년이나 노년 대상 프로그램만 봅니다.

재미있는 건 이런 사람일수록, 요즘 젊은이들을 모르는 사람들일수록, "요즘 애들은, 요즘 젊은 것들은…" 하는 표현을 입에 달고 산다는 겁니다. 이런 사람들 때문에 나이 든 세대와 젊은 세대 사이에 반목이 생기고 깊어집니다. 며칠 전 텔레비전에서 류근철 박사가 자신이 치료하는 카이스트 학생과 대화하는 것을 보았습니다. 류 박사는 그 학생을 자신과 똑같은 어른으로 대접했습니다. 'OO군'이니 '이 학생'이니 하는 표현을 쓰지 않고 '이 이'라고 불렀습니다. "이 이가 유학을 다녀온 후에 내게 일을 좀 주면 좋을 텐데, 그럴지 모르겠다."며 웃는 모습이 참으로 멋졌습니다.

꿈 없는 고정관념의 포로들이 이런 얘기를 들으면 "그 사람은 돈이 많으니까 하고 싶은 일을 하는 거지."라고 말을 합니다. 물론 돈이 있으면 좀 편하긴 하지만 돈이 없다고 꿈을 좇지 못하는 건 아닙니다. 기부가 하고 싶은데 돈이 없으니 정부가 주는 보조금을 아껴 기부한 할머니들만 보아도 그렇습니다. 어린 시절의 핑계도 부끄러운 것이지만, 중년 이후의 핑계는 비겁한 것입니다.

황혼이혼

고정관념엔 전통적 성 역할도 포함됩니다. 전통적 성 역할에 젖은 남자가 은퇴해서 집에 있으면 아내 위에 군림하려 하며 아내의 일에 간섭하고 요구하는 일이 잦습니다. 자연히 아내들의 스트레스가 가중되어 RHS 증세—위궤양, 두통, 우울증—를 일으킵니다. 견디다 못한 아내가 이혼을 제기하는 일도 있습니다. 이렇게 해서 노년에 헤어지는 부부가 점차 많아지니 '황혼이혼'이라는 단어까지 등장했습니다.

황혼이혼에 대해서는 다양한 정의가 있지만 대체로 은퇴 이후의 부부들이 갈라서는 것을 뜻합니다. 일본에서는 '숙년熟年이혼'이라고 합니다. 우리나라 최초의 황혼이혼은 2000년 9월, 당시 78세였던 이시형 할머니와 92세의 남편 오모 씨 사이에 이루어진 이혼으로 봅니다. 할머니는 그로부터 2년 전인 1998년 남편을 상대로 재산 분할 위자료 청구 이혼소송을 냈는데, 서울가정법원 가사 합의3부가 "해로하시라."며 기각했다고 합니다. 그 사연이 "내일 죽더라도 난 오늘 이혼하고 싶다."

는 제목으로 1998년 12월 2일자 《여성신문》의 톱기사가 되면서 여성 인권 문제로 대두되었고, 박원순, 하승수 등 저명한 변호사들이 할머니의 변호를 자청했습니다. 결국 2000년 9월에 나온 대법원의 최종 판결로 할머니는 남편에게서 재산의 3분의 1과 위자료 5천만 원을 받게 되었습니다. 할머니는 2001년 3월 재산 분할이 마무리된 후 여성신문사에 자신과 같은 처지의 어려운 여성을 위해 써 달라고 3백만 원을 기탁했다고 합니다.

법원 자료를 보면, 이시형 할머니는 1957년경 오모 씨와 동거를 시작하여 1959년에 아들을 낳았는데, 혼인신고는 1969년에야 했다고 합니다. 독선적이고 봉건적인 권위 의식에 젖은 남편은 처음부터 아내를 천대하면서 복종을 강요했으며, 할머니가 성당에 다니자 성당의 신부와 불륜 관계에 있는 게 아니냐며 성당에 가는 걸 금했다고 합니다. 할머니가 통신교리를 이용하여 영세를 받자 분노하여 각방을 썼고, 일 년 후에는 아들 집에 가서 살라며 내쫓아 생활비도 받지 못한 채 지하 단칸방에서 혼자 살았다고 합니다. 처음 제기한 소송이 1심에서 기각된 후 할머니가 다시 이혼소송을 준비한다는 소식을 들은 할아버지는 재산을 아내와 자식에게 주느니 사회에 환원하겠다며, 자신이 여생을 보내기에 충분한 현금 10억 원 정도를 남겨 둔 채 아내와 아무런 상의 없이 모든 재산을 고려대학교에 장학기금으로 기부했다고 합니다. 결국 할머니는 1998년 9월 다시 가정법원에 남편을 상대로 이혼소송을 제기했습니다.

이시형 할머니를 만나 본 적은 없지만 할머니가 살아온 얘기만 들어도 마음이 아픕니다. 누구의 인생이든 기쁨만이 있는 것은 아니지만, 80년이 다 되어 가는 동안 할머니가 마음 편히 웃을 수 있는 시간이 얼마나 되었을까요? 안타까운 건 할머니의 인생만이 아닙니다. 할머니를 의심하고 구박하느라 각박하고 살벌했을 할아버지의 생애 또한 기가 막힙니다. 남을 괴롭히려면 내가 먼저 괴로운 것이니까요.

1990년에만 해도 전체 이혼 건수의 5.2퍼센트를 차지하는 데 그쳤던 황혼이혼이 10년 후인 2000년에는 14.2퍼센트로 늘었습니다. 그 후에도 증가세가 꺾이지 않아 2004년 18.3퍼센트, 2006년 19.1퍼센트, 2008년 23.1퍼센트를 차지했습니다. 2009년에는 22.8퍼센트로 다소 낮아졌지만, 이 비율이 지속적인 감소로 이어질 거라고 생각하는 사람은 별로 없습니다. 또한 황혼이혼을 하는 부부의 나이도 낮아지고 있습니다. 황혼이혼의 첫 사례가 된 이시형 할머니는 70대였지만 그 후로 이혼을 제기한 건 주로 60대 여성들이었고, 근래에는 자녀들을 대학에 입학시킨 후 이혼하는 50대 부부들이 늘고 있다고 합니다.

전체 결혼 건수의 약 절반이 이혼으로 끝나는 미국에서는 황혼이혼 비율이 아주 낮아 전체 이혼 건수의 1퍼센트밖에 되지 않는다고 합니다. 한국이나 일본보다 가정 안에서 배우자의 평등이 잘 이루어지고 있는 점을 생각하면 당연하다는 생각이 듭니다. 그러나 미국에서도 황혼이혼은 전체 이혼 건수와 마찬가지로 증가하고 있습니다.

60세가 넘어 이혼한 미국인 부부 중에서 앨 고어 전 부통령 부부의 이혼은 세계적인 뉴스가 되었습니다.

앨과 아내인 티퍼는 고교 시절에 만나 결혼했습니다. 앨 고어는 1993년부터 2001년까지 빌 클린턴 대통령 정부에서 부통령으로 일했는데, 백악관 인턴이던 모니카 르윈스키와의 스캔들 등 '부적절한' 관계로 문제를 일으키던 클린턴과는 대조적으로 조강지처만을 사랑하는 남편이었습니다. 또 고어 부부는 '행복한 부부'의 표상으로 나라 안팎의 인정과 사랑을 받았습니다. 그러던 부부가 2010년 6월 1일 이혼을 발표하자 미국만이 아니라 전 세계 사람들이 놀란 게 당연합니다. 부부는 친지들에게 보낸 이메일에서 '오랜 심사숙고 끝에 서로 도움이 되는 결정'을 내리기로 했다며 40년간의 결혼 생활에 종지부를 찍었습니다.

그런가 하면, 백악관 시절이 끝나면 이혼할 것으로 점쳐지던 클린턴 부부는 결혼 생활을 계속할 뿐만 아니라 2010년 8월엔 딸 첼시를 결혼시키기까지 했습니다. 금슬을 자랑하던 고어 부부는 파경을 맞고, 파경을 맞으리라 짐작되던 클린턴 부부는 아직 잘 살고 있으니, 부부 간의 일은 부부만이 안다는 말이 맞긴 맞나 봅니다. 물론 클린턴 부부의 결혼 생활을 살얼음판으로 보는 사람들이 적지 않고, 두 사람이 또 하나의 유명한 '황혼이혼' 커플이 되지 않을 거라고 백 퍼센트 확신할 수는 없는 일이지만요.

사람들은 늘 무엇을 찾아 길을 떠나고 집 밖을 헤맵니다. 불교 선종화禪宗畵
'심우도尋牛圖' 속 소년처럼 소 등에 앉아 소를 찾습니다. 그러나 '우먼에서
휴먼으로' 가기 위해 길을 나설 필요는 없습니다. '우먼'이 내 겉모습이었다
면 '휴먼'은 내 본성입니다. 평생 갖고 있었으나 갖고 있는지조차 몰랐던 내
안의 나입니다. 겉모습을 키우느라 잊고 있었던 내 진면목입니다. 그러니 휴
먼은 찾아 나설 대상이 아니고 불러내야 할 대상입니다.

　　하루 중 어느 때든, 새벽이든 석양이든 한밤중이든, 홀로 눈을 감고 앉
아 살아온 시간을 돌이켜 봅니다. 오늘 내 말과 행동이 남에게 상처를 주진 않
았는지, 어제는 어땠는지, 그제는 어땠는지, 내 역사를 거슬러 올라가며 반성
합니다. 반성反省은 '돌이켜 봄'이지 후회가 아닙니다. 반성을 한 후엔 행복
했던 시간들을 생각합니다. 어제부터 거슬러 오래전 어린 시절, 아깃적까지
되돌아가 봅니다. 내가 가장 행복했던 시간들을 떠올려 보면 내가 언제 무엇
을 할 때 가장 큰 행복을 느꼈는지 알 수 있습니다. 그 일을 찾아 그 일을 해야
합니다. 그 일을 함으로써 공동선共同善에 기여해야 합니다.

　　누군가 "아니, 내 인생에 행복은 없었어. 언제나 고통뿐이었어."라고
말한다면 그건 그 사람이 제대로 돌이켜 보지 못했다는 뜻입니다. 제가 기자

생활을 할 때 만난 사람 중에 전신마비 환자가 있었습니다. 얼굴을 제외한 전신이 마비되어 온종일 침대에 누워 생활했지만 늘 웃음을 띠고 있었습니다. 어떻게 그럴 수 있는가 물으니 자신의 누운 몸을 비추는 햇살에 대해 얘기했습니다.

"저는 행복합니다. 제가 햇볕에 나가 앉을 수는 없지만 햇살이 이렇게 찾아와 제 몸 위에 앉아 주니 행복합니다. 바람을 쏘이러 나갈 수는 없지만 바람이 창문으로 들어와 제 얼굴을 간질입니다. 제가 여러분을 만나러 갈 수는 없지만 여러분이 저를 찾아와 줍니다. 그러니 어떻게 행복하지 않을 수가 있습니까?"

그이에겐 직계가족조차 없었지만 주변엔 늘 누군가가 있었습니다. 모르는 사람들은 그이가 다른 사람들의 도움을 받는다고 생각했지만, 실제로는 그이가 찾아오는 사람들을 돕고 있었습니다. 그이 옆에선 누구라도 자신이 누리는 행복에 감사할 수밖에 없었으니까요.

그이가 아무리 훌륭한 사람이라 해도 전신이 마비되었음을 안 순간부터 그렇게 감사하는 마음을 갖진 못했을 겁니다. 남들의 눈에 최악으로 보이는 상황 속에서, 죽을 자유조차 박탈당한 상황에서 무수한 마음고생을 통해 도

달한 깨달음이지요. 뒤집어 생각하면, 그이가 지금 그렇게 훌륭한 마음을 갖게 된 건 그의 상황 덕이 큽니다.

인간의 역사는 고통을 위대함으로 승화시킨 사람들의 역사입니다. 그 사람들에게 고통스러운 나날이 없었다면 자신 속의 위대함을 끌어내어 역사에 기록하지 못했을지 모릅니다. 그런 면에서 '은수저를 입에 물고 태어나는' 것은 자신 속 위대함을 발견하는 데 장애가 되는 일이 많습니다. 물론 대부분의 경우 당사자나 주변인들은 그렇게 태어나는 것이 행운이라고 생각하겠지만요. 안락이 낭비와 태만을 초래하는 경우가 많은 것처럼 어두운 인생에도 무수한 반짝임이 있습니다. 아무리 큰 고통도 '더 나쁠 수 있었다'고 깨닫는 순간 견딜 만한 것이 되고 행복의 실마리가 됩니다.

이미자와 플로베르가 슬프게 묘사한 '여자의 일생' 또한 기회의 나날입니다. 매일 반복되는 일상, 흔히 '지겹다'고 표현하는 그 하루하루 속에 캐내어야 할 무한한 자유가 있습니다. '우먼에서 휴먼으로' 가는 이유는 바로 그 자유를 얻기 위해서입니다.

'나'는 누구인가?

'자유' 하면 언뜻 헌법에 규정된 기본적 자유들이 떠오릅니다. 헌법 12조 주거와 신체의 자유, 14조 거주 이전의 자유, 15조 직업 선택의 자유로부터 19조 양심의 자유, 20조 종교의 자유, 21조 언론·출판·집회·결사의 자유, 22조 학문과 예술의 자유에 이르기까지 어느 것 하나 포기할 수 없는 것들이지만, 가장 중요한 자유는 헌법에 쓰여 있지 않습니다. 그건 우리가 원하는 삶을 살 자유입니다.

"원하는 삶? 난 이미 내가 원하는 삶을 살고 있어."라고 하는 여성들을 심심치 않게 만납니다. 값비싼 아파트에서 남편과 아이들과 살며 좋은 차를 타고, 가끔은 백화점에 가서 명품 옷과 핸드백을 사고, 비싼 반지와 목걸이를 하고 동창들을 만나니 불만이 없다는 겁니다. 그런가 하면 교수나 변호사 등 전문직에 종사하며 스스로 '원하는 삶'을 살고 있다고 믿는 여성들도 있습니다. 물질적 풍요, 안정된 가족, 사회적 인정이 있으니 "나는 행복하다."고 스스로를 설득합니다. 그렇게 행복하게 살다가 기쁘게 죽음을 맞이할 수 있으면 여간 다행한 일이 아닙니다. 그런데 이상합니다. 그들의 얼굴이 행복으로 빛나지 않습니다. "이게 진짜 행복일까?" 묻는 듯 석연치 않은 표정입니다. 행복은 사랑 같은 것입니다. 사랑과 연기는 숨길 수 없다고 하지요? 행복도 마찬가지입니다. 행복한 사람의 얼굴은 빛이 납니다. 열심히 화장하고 좋은 옷으로 성장하고 밝은 표정을 지을 때만 빛나는 것이 아니라, 누구를 만날 때든 아니든, 아침이든 저녁이든, 화장을 하든 하지 않든 언제나 빛이 납니다.

　나이 든 사람의 얼굴이 어두운 건 피부 노화의 탓도 있지만, 그보다는 죽음에 대한 두려움 때문입니다. 자신과 동시대를 살았던 사람들의 부음이 자꾸 들려오며 "네 생도 얼마 남지 않았다!"고 상기시킵니다. 남들 앞에서 목소리를 높여 행복을 과시하는 사람도 혼자 있을 때는 '이게 무언가, 이렇게 살다 죽는 게 인생인가?' 하는 존재론적 회의에 빠지기도 하고, 자꾸 고개를 드는 허무와 싸우기 위해 생각 자체를 피하기도 합니다. 중년에 종교에 귀의해 신도가 되는 사람이 많은 건 우연이 아닙니다.

　결혼하지 않았으면 원하는 삶을 살 수 있었을(있을) 거라고 말하는 여성들도 있습니다. 남편과 아이들에게 시간을 빼앗길 일도 없고, 시어머니와 골치 아픈 줄다리기를 벌이거나 시댁 일에 불려 다닐 일도 없을 테니 행복할 거라고 말합니다. 결혼했다 해도 아이들이 없었으면 편하게 살 수 있었을 거라고 말하는 사람들도 있습니다. 깨어 있는 시간의 대부분을 아이들을 '위해' 보내는 어머니들일수록 그렇습니다. 주로 어느 학원, 어느 학교를 보낼 것인가 고민하고 다른 어머니들을 만나 그 고민을 나누는 사람들입니다. 그러나 이런 사람들일수록 혼자 있는 시간, 그 시간이 던지는 질문—"이렇게 사는 게 맞는 건가?"—과 회의懷疑를 감당하지 못합니다. 그러니 잠시라도 혼자 있는 시간이 생기면 여기저기 전화를 하거나 사람들을 불러들이거나 만나러 나갑니다.

　결혼하지 않고 홀로 사는 사람들도 크게 다르지 않습니다. 직장을 다니는 사람은 직장에서 대부분의 시간을 보내니 그나마 다행이지만, 직장 없이 사는 사람들은—나이가 들어 직장을 떠난 사람들을 포함해서—하루 24시간, 일주일 168시간을 어떻게 보낼 것인가 고민하는 일이 많습니다. 결혼한 사람들이 자기 가족만을 생각하는 시야 좁은 사람으로 늙어 간다면, 결혼하지 않은 사람들은 자기만을 생각하는 사람으로 늙어가기 쉽습니다.

　자유롭다는 건 결혼이나 출산 여부에 상관없이 '홀로 있음aloneness'이 '외로움loneliness'과 동의어로 느껴지지 않는다는 뜻입니다. 자신이 해야 할 일을 알고知天命 흔들림 없이不惑 그것을 하는 사람이 누리는 평화와 가능성입니다. 자유로운 사람은 밥을 혼자 먹든 여럿이 먹든, 보석이나 명품이 있든 없든 행복합니다. 영영 마르지 않는 시내 하나를 알고 있는 사막의 낙타처럼 말입니다. '우먼에서 휴먼으로' 가야 하는 이유는 바로 이것, 자유 때문입니다. '우먼'의 외피를 벗고 그 속의 '휴먼'을 불러내어 자유로워지기 위해서입니다.

'우먼'의 외피를 벗고 그 속의 '휴먼'을 불러내려면 가능한 한 자주 "나는 누구인가?" 물어보아야 합니다. 가장 쉽고 흔한 대답은 "나는 아무개다."라고 자신의 이름을 대는 것이겠지요. 그러나 생각해 보면 그 이름은 부모나 조부모가 내게 붙여 준 것일 뿐입니다. 제 이름은 '김흥숙'이지만 저를 '김흥숙'이라 부르지 않고 '김미나'라고 부른다 해도 저는 저입니다. 그러니 이 질문에 대해 좀 더 깊이 생각해야 합니다. 나는 아무개의 딸, 아무개의 아내, 아무개의 어머니이지만, 그 모든 정체가 없어진다 해도 나는 여전히 존재합니다. 정말 나는 누구일까요? 적어도 하루에 한 번은 이 생각을 해야 합니다. 슬플 때나 기쁠 때나, 바쁠 때나 한가할 때나. 이 질문보다 더 중요한 질문은 없습니다.

또 하나의 중요한 질문은 "내가 진정으로 원하는 것이 무엇인가?"입니다. "내가 원하는 건 행복"이라고 답하는 사람이 많지만, 사람마다 행복의 조건이 다르고 행복을 느끼는 경우도 다릅니다. 미국에서 나온 한 연구 결과에 따르면, 일반적으로 나이 든 사람들이 젊은이들보다 더 행복하다고 합니다. 나이 든 사람들의 고민이 주로 건강 문제로 모아지는 데 비해 젊은이들은 돈, 일, 인간관계 등 더 다양한 문제로 고민하기 때문입니다.

젊은이가 불행한 이유는 무엇보다 그들이 무엇이 중요하고 무엇이 중요하지 않은지 잘 구별하지 못하기 때문입니다. 사소한 것과 중요한 것을 구별하지 못하니 모든 것에 필요 이상의 신경을 쓰고 에너지를 낭비하는 것입니다. 대학 입시에 떨어지면 인생이 끝났다고 생각하는 젊은이들이 있습니다. 심지어는 자살하는 사람도 있습니다. 그러나 시험 한 번 떨어진다고 인생이 끝나지는 않습니다. 재수를 해서 들어갈 수도 있고, 대학을 가지 않고 다른 길로 갈 수도 있습니다. 스무 살 문턱에서 경험했던 실패를 쉰 살이 되어 돌이켜 보면 재미있는 추억이 될 뿐만 아니라, 그 실패가 오히려 전화위복轉禍爲福이 되었음을 알게 됩니다. 인생은 무수한 전화위복과 새옹지마塞翁之馬로 엮은 한 권의 책과 같습니다. 아주 사소한 일부터 삶의 길을 바꾸는 일까지, 잘 들여다보면 복이 화가 되고 화가 복이 되는 일이 무한히 많습니다.

자신이 타고난 성性 대신 반대 성으로 태어났으면 행복했을 거라고 생각하는 사람들이 있습니다. 남자이면서 여성을 꿈꾸고, 여자이면서 남성을 꿈꾸는 사람들이지요. 2010년 7월 아르바이트 전문 구인·구직 사이트 알바몬(www.albamon.com)이 대학생 천여 명을 대상으로 설문 조사한 결과, 남학생의 56퍼센트, 여학생의 38퍼센트가 다음 생이 있다면 반대 성으로 태어나고 싶다고 말했다고 합니다. 참 놀라운 결과입니다. 남자의 절반 이상이 다음 생엔 여성으로 태어나고 싶다고 했다니까요. 이 것은 여러 가지로 해석할 수 있는데 예를 들면 이렇습니다.

1. 한국 사회에서 남자로 사는 게 전보다 더 힘들어졌다.
2. 오늘날의 젊은 남자들이 아버지 세대의 남자들에 비해 남성성이 부족하다.
3. 한국 사회에서 여성의 지위가 향상되었다.

1번엔 이의를 제기하는 사람들이 많을 것 같습니다. 현대사를 거슬러 볼 때 남자의 삶이 더 힘들어졌다고 볼 근거는 희박하니까요. 가장 쉬운 예로 3년이나 하던 군대 생활이 2년여로 줄어든 것을 들 수 있겠지요.

아무래도 3번이 가장 타당해 보입니다. 다음 생에 남자로 태어나고 싶어 하는 여자들이 줄고 있는 것만 보아도 알 수 있습니다. 1998년에 한국부인회가 조사한 것을 보면 다음 생에 남자로 태어나고 싶다고 대답한 여자가 49퍼센트나 되었습니다. 여성의 절반가량이 남성이 되고 싶어 한 것이지요. 그때는 지금보다 남존여비 풍조가 심했음을 보여 주는 증거입니다. 그러나 이번 알바몬 조사에서는 38.1퍼센트만이 그렇게 대답했습니다. 일본에서도 다시 태어난다면 남자로 태어나고 싶다는 여성의 비율이 1960년대엔 60퍼센트를 넘었지만, 2004년 조사에서는 다시 태어나도 여성으로 태어나고 싶다는 여자들의 비율이 69퍼센트나 되었다고 합니다.

아무리 생각해도 내가 뭘 원하는지 알 수 없다고 하는 사람들이 있습니다. 특히 중년 부인들 중에 그런 사람이 많습니다. 하루 스물네 시간을 오롯이 자녀들을 위해 쓰다가 아이들이 대학에 진학하고 나니 할 일이 없어졌고, "이젠 내가 하고 싶은 일을 해야지." 하고 마음먹어 보지만 도무지 뭘 하고 싶은지 알 수가 없다는 겁니다. 하고 싶은 일, 원하는 일을 알아내는 가장 좋은 방법은 내가 언제 무엇을 할 때 가장 행복한지 아는 것입니다. 내가 언제 가장 행복한지 알려면 이미 주어진 모든 조건, 제일 먼저 여성이라는 조건, 그 다음으로 누구의 딸이라는 조건, 누구의 아내라는 조건, 누구의 어머니라는 조건 등등을 제쳐두고 오롯이 '나'라는 존재가 원하는 것을 알아내야 합니다.

자신이 언제 가장 행복한지 알기 위해서는 제가 만났던 스승 중 한 분이 가르쳐 주신 방법을 써도 좋을 겁니다.

1. 편한 자세로 앉는다. 책상다리를 하고 앉아도 좋고, 다리를 뻗고 앉아도 좋고, 무릎을 꿇어도 좋고, 누워도 상관없다.
2. 여러 차례 숨을 길게 내쉬었다 들이마셨다 하며 몸과 마음을 안정시킨 후 눈을 감는다.

3. 어제부터 그제로, 또 그끄저께로, 점차 먼 과거로 들어가며 행복
했던 순간을 찾아낸다.

제 경우, 그렇게 찾은 행복의 순간은 늘 홀로 있을 때였습니다. 대
학 시절 학교 도서관이 문을 닫은 밤 수은등 켜진 교정을 천천히 내려오
며 나무들의 몸내를 맡던 때, 중학 시절 아이들 모두 집에 간 후 운동장
이쪽 끝에서 저쪽 끝까지 보이지 않는 대각선 위로 그림자를 끌며 걷던
때, 초등학생 시절 아버지의 책상에 앉아 시간 가는 줄 모르고 책을 읽던
때….

그냥 열심히 살면 되지 굳이 원하는 게 무언지 알아야 하느냐고 묻
는 사람들이 있습니다. 그렇습니다. 열심히 사는 것만으로는 잘 산다거
나 잘 살았다고 말할 수 없습니다. 그건 누구나 생의 어느 순간에 자신의
삶을 돌이켜 보며, 자신이 선택한 길이 옳았는지 따져 보기 때문입니다.
그 순간은 주로 노년에 오지만 큰 병이나 사고로 죽음과 마주섰을 때 오
기도 합니다. 그리고 그 순간은 남녀, 빈부, 학력 여부에 상관없이 누구
에게나 옵니다.

회생 불능 상태의 환자들을 돌보는 호스피스들의 얘기를 들어 보
면, "난 죽어도 한이 없어. 할 만큼 했으니 이제 영원한 휴식으로 들어가
고 싶어."라고 말하는 사람보다 "난 잘못 살았어. 다시 산다면 그렇게 살

지 않을 거야. 다시 살고 싶어!" 라고 말하는 사람이 훨씬 많다고 합니다.
그것은 그들이 자신이 원하는 삶을 사는 대신, 타인들 눈에 좋아 보이는
삶을 살았기 때문입니다. 즉, 정말 원하는 것을 하지 않았거나, 그것이
무언지 모르고 그냥 열심히 살았던 겁니다.

'만일 내가 인생을 다시 산다면'

'만일 내가 인생을 다시 산다면'이라는 제목의 글이 전 세계 사람들에게 사랑 받는 이유는 글 쓴 이처럼 후회하는 사람들이 많기 때문입니다. 그 글은 나딘 스테어Nadine Stair가 발표한 시로 알려져 왔는데, 사실은 나딘 스트레인Strain이라는 미국 할머니가 에세이로 쓴 것이며, 1978년 미국의 여성 잡지 《패밀리 서클Family Circle》에 실리는 과정에서 이름이 잘못 기재되었다고 합니다. Byron Crawford, 〈Kentucky Stories〉, Turner Publishing Company

성이 스테어든 스트레인이든, 그 글이 담고 있는 진실과 아름다움은 여전합니다. 그 글은 우리나라에도 잘 알려져 있고 특히 인터넷 세상에서 인기가 있는데 불행히도 번역이 잘못된 부분이 있습니다. 여기 원문과 번역문을 함께 실어 두니 한번 읽어 보시기 바랍니다. 에세이라도 문장이 워낙 시적이어서 소리 내어 읽어야 참맛을 느낄 수 있습니다.

만일 인생을 다시 산다면

더 많은 실수를 저지를 거예요.

마음도 몸도 긴장을 풀고

더 바보처럼 살 거예요.

심각한 생각 따윈 하지 않고

더 많은 모험을 할 거예요.

더 많은 산에 오르고 더 많은 강에서 헤엄칠 거예요.

아이스크림은 더 먹고 콩은 덜 먹을 거예요.

고생은 더 하더라도 걱정은 덜 할 거예요.

하루하루 시간시간 분별 있게 살다 보니

진짜 이거다 싶은 순간이 많지 않았어요.

다시 살 수 있다면 그런 순간을 늘릴 거예요.

아니 인생 전체를 그런 순간만으로 채울 거예요.

앞날을 당겨 사는 대신, 지금 이 순간을 살 거예요.

체온계와 보온병과 레인코트를 챙겨야만 여행을

떠날 수 있었지만, 다시 산다면 가볍게 나설 거예요.

인생을 다시 산다면

봄이 오자마자 맨발이 되어 가을까지 그렇게 살 거예요.

춤도 더 많이 추고 회전목마도 더 많이 탈 거예요.

데이지꽃도 더 많이 꺾을 거예요.

If I had my life to live over

I'd make more mistakes next time.

I'd relax.

I would limber up.

I would be sillier than I have been on this trip.

I would take fewer things seriously.

I would take more chances.

I would climb more mountains and swim more rivers.

I would eat more ice cream and less beans.

I would perhaps have more actual troubles, but I'd have fewer imaginary ones.

I'm one of those people who live sensibly and sanely hour after hour, day after day. I've had my moments, and if I had to do it over again, I'd have more of them. In fact, I'd try to have nothing else. Just moments, one after another, instead of living so many years ahead of each day.

I've been one of those persons who never goes anywhere without a thermometer, a hot water bottle, and a raincoat. If I had to do it over again, I would travel lighter than I have.

If I had my life to live over, I would start barefoot earlier in the spring and stay that way later in the fall. I would go to more dances. I would ride more merry-go-rounds and I would pick more daisies.

언제 무엇을 해야 행복한지 알게 되면 내가 진정으로 원하는 게 무엇인지, 이루고 싶은 게 무엇인지 더불어 알게 됩니다. 흔히 말하는 나의 꿈을 알게 되는 거지요. 아이들과 노는 시간에 가장 큰 행복을 느끼는 사람은 아이를 여러 명 낳아 기르거나 어린이집 교사가 되려 하겠지요. 남의 아픔을 치료하며 기쁨을 느끼는 사람은 의사가 되려 할 거고, 산 속에 홀로 있을 때 행복한 사람은 산중거사가 되려 할 겁니다.

불행한 사람이 불행을 전염시키듯, 행복한 사람은 행복을 전파합니다. 진정으로 자신이 하고 싶은 일을 아는 사람은 다른 사람들에게도 그런 일이 있으리라는 걸 압니다. 자신이 하고 싶은 일을 하는 사람은 다른 사람들도 그러기를, 그래서 자신처럼 행복하기를 바랍니다. 꿈이 없는 사람은 타인의 꿈을 비웃지만, 꿈이 있는 사람은 타인의 꿈을 존중하고 이루도록 도우려 합니다. 그런 사람은 자신의 고통과 즐거움이 자신에게만 한정된 것이 아니며 인류 보편의 경험이라는 걸 압니다. 타인의 고통과 즐거움을 내 것으로 느끼는 순간부터 새로운 세계로의 여정, '휴먼'으로서의 여정이 시작됩니다.

나딘 스트레인 할머니처럼 85세가 되어 "다시 산다면 이럴 거야, 저럴 거야." 한들 소용없는 일입니다. 마흔도 좋고 쉰도 좋고 예순도 좋고 일흔도 좋습니다. 하고 싶은 일을 시작하기에 '너무 늦은' 나이는 없습니다. 이른바 갱년기로 일컬어지는 중년에 들어선 사람이라면 더욱 좋습니다. 노년엔 체력이 달려 몸이 마음을 따르지 못하는 일이 많지만, 중년엔 그래도 몸이 제법 마음을 따라 주니까요.

제3의 성, 자유인으로 가는 지름길

"생후 55년 9시간 현재 그녀의 가방 속. 크기가 다른 노트 두 권, 햇빛 아래서 양산이 되는 초록 우산, 검은 뚜껑이 달린 분첩, 새빨간 연지, 볼펜 세 자루, 몇 개의 전화번호와 몇 개의 주소와 몇 개의 이름들이 적힌 초콜릿 색 표지의 수첩, 짙은 땅색 지갑, 만 원짜리 세 장, 신용카드 세 개, 시립도서관 출입증, 버스 카드, 할리스 커피 전문점 마일리지 카드, 바늘 쌈지, 여행용 클리넥스, 휴대전화, 바랜 빨간 손수건. 즉, 언제라도 버릴 수 있는 모든 것."

지난 반세기 동안 대부분의 문명국가는 '제2의 성'인 여성을 '제1의 성'인 남성과 동등한 사회적 존재로 만들기 위해 노력했습니다. 1948년 남녀의 동등함을 명문화한 세계인권선언을 선포한 지 31년 만인 1979년 유엔총회에서는 '유엔 여성 차별 철폐 협약CEDAW'이 채택되었습니다. 이 협약은 1981년 발효되었고 유엔 회원국의 90퍼센트가 넘는 185

개국이 가입했지만 이란, 수단 등은 가입하지 않았습니다. 선진국 중에
선 미국만이 협약을 비준하지 않았는데, 그 이유는 이 협약을 비준하면
국제협약이 미국 연방법과 주법을 대체하게 될 거다, 여성운동가들이 이
협약을 기화로 사소한 소송을 무더기로 제기할 거다, 전통적 남녀관과
부모의 역할 같은 것이 위태롭게 될 거다, 하는 식의 우려 때문이라고 합
니다.

한국은 1984년에 이 협약을 비준했으며 이후 양성 평등을 위한 여
러 가지 노력을 기울여 왔습니다. 1998년 '국민의 정부' 출범과 때맞추
어 '여성특별위원회'가 설치되어 여성 정책에 대한 종합적인 기획·조정
사무를 관장했고, 2001년 1월엔 여성부가 출범했습니다. 2005년 6월에
여성가족부로 확대되었으나 2008년 2월 이명박 정부의 출범과 함께 다
시 여성부로 축소되었다가 2010년 3월에 다시 여성가족부가 되었습니
다. 이렇게 잦은 직제 개편은 정부를 운용하는 사람들이 아직도 '여성'에
대해 정립되지 않은 생각과 정책을 갖고 있음을 보여 주는 것이니 씁쓸
합니다.

무수한 나라에서 양성 평등은 아직 해결하지 못한 숙제입니다. 20
세기는 이른바 전문가의 시대, 분업의 시대여서 성 역할이라는 구분을
지우기가 어려웠을지도 모릅니다. 그러나 21세기는 전인全人의 시대, 통
섭의 시대입니다. 한 가지만 알고 한 가지만 잘해 가지고는 존경 받는 인

간이 되기 어렵습니다. 이른바 전통적인 성 역할의 시대는 갔습니다. 어느 시대에나 훌륭한 인간은 대개 남성적인 특질과 여성적 특질을 고루 가지고 있었지만, 21세기는 모든 사람에게 그것을 요구합니다. 생물학적으로 인간에게는 남성과 여성이라는 두 개의 성밖에 없으니 양성의 평등은 개인의 인권 보장을 위해 필요하지만 평등은 최소한입니다.

사회적 존재로서 남자와 여자가, 또 너와 내가 평등하다고 해서 내 인생이 가치 있어지는 것은 아닙니다. 내가 가진 시간과 재능을 원하는 곳에 자유롭게 쏟아 부어 공동선에 기여할 때 내 인생은 비로소 가치 있는 것이 됩니다. 자유는 인간이 인간다운 삶을 사는 데 가장 중요한 요소입니다. 우리가 '제1의 성'과 '제2의 성'을 벗어나 '제3의 성'으로 자신을 키워야 하는 이유는 바로 좀 더 자유로운 존재가 되기 위해서입니다. 사회의 구성원으로서 누려야 할 기본적인 자유는 법과 제도를 통해 보장되어야 하지만, 그 이상의 자유를 누리는 건 개개인의 노력에 달려 있습니다. 이 책의 제목처럼 여성 스스로 자신을 '우먼에서 휴먼으로' 바꾸는 것이지요. 물론 남성도 '맨에서 휴먼으로' 스스로를 확장시킬 때 더 큰 자유와 행복을 누릴 수 있습니다.

'제3의 성'은 여성이 몰랐던 남성을 알게 하고 남성이 몰랐던 여성을 알게 함으로써, 그동안 몰랐던 인류의 절반을 이해하게 합니다. '제3의 성'은 남녀가 가지고 있는 긍정적 요소들을 두루 포괄하는 초이분법적 존재로 남자이면서 동시에 여자인 존재를 가리킵니다.

사람은 누구나 동물이고 포유류이지만 자의식과 의지로 다른 동물들과 자신을 구별합니다. 동물들이 본성에 충실한 삶에 생애를 바치는 것과는 대조적으로, 사람의 가치는 본성을 뛰어넘으려는 노력으로 결정된다고 해도 과언이 아닙니다. 스님, 신부, 수녀 등은 동물적 본성 중에서도 가장 극복하기 힘든 짝짓기 본성을 이기기로 결심한 사람들입니다. 스님들 중엔 종파에 따라 가족을 이끌며 수행하는 대처승들도 있지만, 우리 평범한 사람들의 눈엔 역시 결혼하지 않은 비구와 비구니가 진짜 수행자로 보입니다. 비구와 비구니, 신부와 수녀는 성 에너지를 궁극적 진리 추구에 바치려는, 즉 남자나 여자로 사는 과정을 뛰어넘어 바로 '휴먼'으로 진입하려는 사람들입니다. 호르몬의 지배를 받는 젊은 나이에 진짜 스님, 진짜 신부, 진짜 수녀로서 사는 건 어렵습니다. 그래서 대다수 사람들은 이성 혹은 동성과 짝을 이루고, 남자 혹은 여자로 살아갑니다. 인생사의 희로애락은 대부분 이런 성적 결합, 혹은 그것을 향한 욕망에서 파생됩니다. 대부분의 보통사람들이 남자 혹은 여자로 살다가 '휴먼'을 향하게 되는 건 바로 이런 이유 때문입니다.

여성은(물론 남성도) 자신의 삶을 선택할 수 있습니다. 소녀에서 여인으로 자라 여성으로 살다가 죽을 것인지, 아니면 여인에서 '멋있는 인간'으로, 즉 '제3의 성'을 이루어 새롭게 살다가 죽을 것인지.

　　예쁜 소녀는 많아도 아름다운 여인은 적고, 멋있는 사람은 더 적은 게 현실이지만 그런 사람이 아주 없는 것은 아닙니다. 주변에 그런 사람이 없다고 해서 실망할 필요는 없습니다. 중년에겐 멘토나 모델이 필요하지 않습니다. 스스로 멘토나 모델이 될 수 있으니까요.

　　'제3의 성', 즉 자유인이 되는 가장 쉬운 방법은 생각을 바꾸는 겁니다. 예쁜 소녀나 아름다운 여인 대신 멋있는 사람이 되기로 마음먹는 거지요. 겉멋은 예쁜 얼굴이나 S라인 몸매에서 나오지만 멋있는 사람의 '멋'은 얼굴이나 몸매에서 나오는 게 아닙니다. 그러니 성형수술을 하거나 지방 흡입을 할 필요가 없습니다. '멋'은 눈빛, 표정, 말, 자세, 움직임을 통해 풍겨 나오는 향기와 같으니 그건 수술로 만들 수가 없습니다. 그건 사랑이 가득한 마음과, 마음을 따라 움직이는 행동이 빚어내는 향기입니다. 예쁜 소녀와 아름다운 여인이 '사랑받는' 사람이라면, 멋있는 사람은 '사랑하는' 사람입니다. 내가 사랑하는 사람이 열 명이라면 난 그만큼 멋진 사람이지만, 내가 사랑하는 사람이 만 명이라면 난 그만큼 더 멋진 사람입니다. 예수와 부처가 수천 년에 걸쳐 존경과 추앙을 받는 이유는 그 분들이 사랑한 사람의 수가 그 누구보다 많았기 때문입니다.

중년, 중용, 중도, 정중동

책이 태어나는 순간 만나야 할 독자가 정해지는 거라면 이 책이 만나야 할 독자는 중년입니다. 일반적으로 중년은 40세 안팎에 시작하여 60세 전후에 끝난다고 하지만, 어떤 이의 중년은 훨씬 일찍 시작하고 어떤 이의 중년은 70세까지, 혹은 그 후까지 연장됩니다. 중년은 말하자면 젊진 않으나 노인이라고 부를 수는 없는 사람들을 일컫습니다. 중년은 또한 청년과 같은 패기와 정열을 갖고 있진 않아도 아직 할 일이 있다고 생각하는 사람들입니다. 신체적으로도 이삼십대만큼은 아니어도 마음이 시키는 일을 대부분 행동에 옮길 수 있는 시기입니다.

중년은 또 인생의 어느 때보다 사유해야 할 일이 많은 시기입니다. 중년의 다른 말이라 할 수 있는 갱년更年은 그것을 더욱 직접적으로 표현합니다. 유아기, 청년기, 노년기는 각 시기의 특징을 나타냅니다. '유幼'는 어림, '청靑'은 푸름, '노老'는 늙음을 뜻하니까요. 그러나 '중년中年'이란 말에는 오직 '가운데 中'자가 있을 뿐 그 시기를 단정하는 형용사가 없습니다. 어린 시절과 늙은 시절 사이 중간 시절이라는 뜻이라고요? 그렇겠지요. 그러나 저는 거기에 좀 더 의미를 부여하고 싶습니다. 즉, 중년의 '中'은 '중용中庸'의 '중'이며 '중도中道'의 '중'이며 '정중동靜中動'의 '중'이라고요. 한마디로 '중'은 치우치지 않음이며, '치우치지 않기에 본질을 봄'을 뜻합니다. 그러므로 중년은 젊은 혈기나 노년의 치기에 미혹되지 않는, 맑은 눈으로 자신과 주변을 보는 허심탄회의 시기입니다. '갱년'의 '갱更'은 '분명한 쪽으로 향하게 한다'는 의미를 갖고 있습니다. 갱년은 지난날을 맑은 눈으로 돌이켜 본 후 앞으로의 삶이 지향해야 할 바를 분명히 깨닫고 새롭게 살기 시작함을 뜻합니다.

　이 책은 '중년'의 의미를 생각하기 전에 중년이 되어 이 시기가 수반하는 다양한 증상들을 겪으며 당혹스러워하는 사람들에게 보내는 편지입니다. 그러니 자신이 아직 중년이 아니라고 생각하는 사람은 이쯤에서 책을 내려놓아도 좋습니다. 아직은 중년이 아니지만 조만간 찾아올 중년을 준비하고 싶은 사람이라면 계속 읽어도 좋겠지요. 이미 노년에 들어섰으나 노년을 '여생餘生' 이상의 것, 즉 '중년의 연장'으로 만들고 싶은 분들에게도 도움이 되리라 생각합니다. 우리는 모두 중년입니다. 현재 중년이거나 과거에 중년이었거나 미래에 중년이니까요. 우리의 중년이 의미 있는 시간이 되어 우리 생애 전체를 의미 있게 만들고, 우리의 동료 인간들, 나아가서는 지구 안에 살고 있는 모든 생명들에게 기여하기를 기원합니다.

'휴먼'의 12증거

그러면 '우먼' 상태에 있는 나를 어떻게 하면 '휴먼'으로 만들 수 있을까요? 앞에서 많은 얘기를 했지만 몇 가지로 요약해 보겠습니다. 이 몇 가지를 실천하고 있는 사람은 이미 '휴먼'의 상태에 들었다고 할 수 있을 겁니다.

첫째, 내 앞에서 일어나는 갖가지 일들 중에 정말 중요한 일이 무어고 중요하지 않은 일이 무언지 구별하는 것입니다.

저는 손수건을 즐겨 사용합니다. 고작 손 닦고 땀 닦는 것뿐인데도 손수건이 자주 낡아져서 괜찮은 손수건을 세일하면 꼭 사 가지고 옵니다. 얼마 전에도 한 백화점에서 손수건 세일을 하기에 들렀습니다. 평소엔 한 장에 오천 원 이상 하던 것을 서너 장에 만 원에 판다고 했습니다. 손수건을 살 때는 물이나 땀을 잘 흡수하는 감으로 된 것을 고른 후 그 중 무늬가 예쁜 것을 고르거나, 예쁜 것을 먼저 고른 후 그 중 감이 좋은 것을 고르면 됩니다. 작은 매대 앞에 손님이 여럿 있기에 가장자리에 서서 먼저 온 손님들이 손수건을 사서 떠나기를 기다렸습니다. 손수건 하나를 고르는 걸 보아도 사람이 드러납니다. 얼른 골라 사는 사람이 있는가 하면, 모든 손수건을 다 뒤적이며 마음을 정하지 못하는 사람도 있습니다. 제 옆에 섰던 부인은 저보다 먼저 고르기 시작했는데 제가 계산을 마치고 떠날 때까지도 고르지 못했습니다. 그이도 몇 장을 골랐으니 바로 계산을 하면 될 텐데, 계산을 하지 않고 다른 사람이 고르는 걸 보고 있다가 자기도 그것을 집어드는 식이었습니다. 그이를 보니 'decidophobia'라는 영어 단어가 떠올랐습니다. 이 단어를 절반으로 자르면 'decido'와 'phobia'로 나뉩니다. 앞의 'decido'는 '결단(결심)하다'를 뜻하는 'decide'와 같은 뿌리임을 보여 줍니다. 'phobia'는 합리적인 근거 없이 느끼는 공포 증세를 나타냅니다. 그러니 'decidophobia'는 우리말로 '결단(결심, 판단) 공포증'쯤 되겠지요.

심각한 정신병적 이유로 결단 공포 증세를 보이는 사람들도 있지만, 일반적으로 결단하지 못하는 것은 '무엇이 중요하고 무엇이 사소한지' 구별할 줄 모르기 때문입니다. 3천 원짜리 손수건을 사는 일과 3억 원짜리 집을 사는 일은 아주 다릅니다. 3억 원짜리 집을 살 때 고려해야 할 사항들은 3천 원짜리 손수건을 살 때 고려해야 할 것들보다 훨씬 많습니다. 그러니 3천 원짜리 손수건을 살 때는 거기에 걸맞은 시간과 노력을 들이면 됩니다.

보통 나이가 어릴 때는 중요한 것과 사소한 것을 구별하지 못합니다. 어른들이 보기엔 사소한 장난감을 놓고 사투를 벌이는 아이들만 보아도 그것을 알 수 있습니다. 젊은이들도 마찬가지입니다. 개중에는 예외도 있지만, 대개는 무엇이 중요한지 몰라 시간과 에너지를 낭비하는 일이 많습니다. 모든 것이 다 중요하다고 생각하기도 하고 아무것도 중요하지 않다고 생각하기도 합니다. 스스로 판단을 하지 못하니 다른 사람들이 하는 대로 따라가는 일이 흔합니다. 친구가 영어 학원을 간다고 하면 따라가고, 가을이니 전시회에 가야 한다고 하면 전시회에 갑니다. 젊어서부터 스스로 생각하고 결정하며 살지 않으면, 나이 들어서도 중요한 일과 그렇지 않은 일을 구별하지 못하게 됩니다. 수영이 유행하면 수영을 배우고, 십자수가 유행하면 십자수를 배우는 식이지요. 중요한 일과 그렇지 않은 일을 구별하는 가장 쉬운 방법은 어떤 일을 앞두고 그 일을 '왜' 해야 하는가 묻는 것입니다. 그 질문에 답하다 보면 그 일이 진실로 중요한 것인지 아닌지 스스로 깨닫게 됩니다. '휴먼'이 되려는 사람에게 '왜'만큼 중요한 질문은 없습니다.

둘째, 무슨 일을 하든 이 일이 의미 있는 일인가, 옳은 일인가 생각하는 것입니다. 그러니 이 질문은 앞 질문의 연장이라고 할 수 있습니다.

요즘 나이 든 사람들 사이에선 해외여행이 유행입니다. 회갑이나 칠순 기념은 그렇다 해도 해마다 가는 사람들, 한 번 가면 한 달 이상 돌아다니다 오는 사람들도 적지 않습니다. 한 번 가는 데 몇 백만 원에서 수천만 원의 비용이 드니, 돈 많은 사람들이 많긴 많은가 봅니다. 이런 상황이니 우리나라의 여행수지 적자가 늘어나는 게 당연합니다. 2010년 1분기 여행수지 적자는 19억 9천만 달러나 되었습니다. 법무부가 집계한 1분기 중 출국자 수는 297만 6,549명으로 그 전해 같은 기간보다 31.2퍼센트 증가했다고 합니다. 해외에 나가 견문을 넓히고 새로운 경험을 통해 포부를 키우고 큰 틀에서 생각하는 법을 배우는 것은 좋은 일입니다. 하지만 남들이 하니까, 남들이 어디어디를 다녀왔다고 얘기할 때 나도 어디에 다녀왔다고 말해야 하니까 해외여행에 나서는 것은 시간과 에너지와 돈의 낭비일 뿐입니다. 옛날 옛적, 다른 세계를 접하기 아주 어렵던 시절엔 "여행이 사람을 키운다."고 말들을 했지만, 요즘은 여행을 통해 성숙하는 사람이 별로 눈에 띄지 않습니다. 특히 나이 든 사람들의 경우, 값비싼 습관이나 취미로 해외여행을 가는 사람들이 많습니다.

"이 일이 옳은가, 왜 이 일을 해야 하는가?"는 직업을 선택할 때도 꼭 필요한 질문입니다. 하고 많은 일 중에 왜 꼭 이 일을 해야 하는가, 스스로를 납득시킬 수 있는 일을 해야 보람과 기쁨을 느낄 수 있습니다. 누가 뭐라든 자기를 제일 잘 아는 것은 자신입니다. 자신이 보기에 가치 있는 일을 해야 후회하지 않을 겁니다.

셋째, 해야 할 일과 하지 말아야 할 일을 구별하는 것으로, 이것 또한 앞의 두 항목의 연장이라 할 수 있습니다. 좋은 옷과 장신구로 치장하고 동창회에 가는 것과 곤란을 당한 동창을 돕는 것 중에 무엇을 해야 할지 모르는 사람들이 많습니다. 친한 정도가 비슷하다면, 부유한 친구가 자녀를 결혼시킬 때는 가지 않더라도 넉넉지 않은 친구가 혼사를 치를 때는 가 주어야 하는데, 그 반대로 행동하는 사람들이 적지 않습니다.

상식만 있다면 해야 할 일과 하지 말아야 할 일을 구별하는 건 쉬운 일이지만, 지금 우리 사회에선 상식적 사고思考가 찾기 어려운 덕목이 되었습니다. 얼마 전 친구 어머니가 돌아가셨을 때의 일입니다. 바로 다음 날 저와 점심을 함께하기로 했던 친구는 제게 어머니가 돌아가셔서 점심 약속을 지킬 수 없다고 휴대전화 문자를 보내왔습니다. 그에게 전화를 걸어 어느 병원 영안실에 모셨느냐고 물었지만 폐를 끼치고 싶지 않다며 알려 주지 않았습니다. 간신히 설득하여 병원 이름을 알아냈지만, 그는 다른 사람들에겐 알리지 말라고 했습니다. 저는 제법 비밀을 지키는 사람이지만 그때는 그의 말을 듣지 않았습니다. 전화를 끊자마자 다른 친구들에게 소식을 전했지요. 그가 뭐라고 하든, 친구 어머님의 별세 소식은 두루 알리는 게 옳다고 판단했기 때문입니다. 장례가 끝난 후 친구는 "당시엔 폐를 끼칠까 봐 알리지 않으려 했는데 지나고 보니 알린 게 옳았다."며 다른 친구들에게 소식을 전해 준 걸 고마워했습니다. 상식만 있다면, 어떤 일은 해야 하고 어떤 일은 하지 말아야 하는가 판단하는 건 어려운 일이 아닙니다. 잘 나이 들면 판단이 쉬워집니다. 세상과 사람에 대한 이해가 넓고 깊어지기 때문입니다.

넷째, 질투하지 않는 것입니다. 어린 아이들은 대개 샘을 냅니다. 다른 아이들이 가진 것, 먹는 것, 입는 것을 갖고 먹고 입으려 합니다. 이른바 '또래끼리' 섞이려는 것이라고 듣기 좋게 말하지만, 그런 경향의 뿌리에는 질투가 있습니다. 사람에 따라서는 어려서부터 샘이 별로 없는 사람이 있고 유독 샘이 많은 사람도 있습니다. 샘은 다른 말로 하면 '욕심'입니다. 남에게 지지 않으려 하는 욕심이지요. 나이가 들면서 샘을 줄여 가는 사람이 있는가 하면, 나이 들수록 욕심을 키우며 남이 가진 것, 남이 누리는 것을 질투하는 사람들이 있습니다.

곰곰 생각해 보면 남이 갖기 때문에 내가 가질 수 없는 것은 많지 않습니다. 남이 웃는다고 해서 내가 웃을 수 없는 것도 아니고, 친구가 애인을 가졌다고 해서 내가 가질 수 없는 것도 아닙니다. 남이 차를 산다고 해서 내가 차를 살 수 없는 것도 아니고, 남이 커피를 마신다고 해서 내가 커피를 마실 수 없는 것도 아닙니다. 물론 국회의원이나 시장, 대통령, 회사 대표처럼 수가 한정된 자리는 남이 차지하면 나는 차지할 수 없습니다. 그러나 그것조차 옛날 왕위처럼 종신직이거나 세습되는 것은 아닙니다. 길어 봤자 4~5년이면 자리의 임자가 바뀝니다. 내가 꼭 그 자리에 앉고 싶으면 남보다 많이 노력해서 그 자리를 차지하면 됩니다. 그리고 아무리 노력해도 안 될 때는 어쩔 수 없는 일로 받아들여야 합니다. 또 운명론이냐고 야단치는 분들이 있겠지만, 그렇습니다. 세상엔 아무리 노력해도 안 되는 일이 있습니다. 그건 운명입니다. 사법시험 응시하는 데 나이 제한이 없다고 중년에 들어서도록 시험만 치는 사람들을 가끔 봅니다. 그런 사람들은 대개 "열 번 찍어 안 넘어가는 나무 없다."는 말을 좋아하는데, 나무는 나무일 뿐입니다.

남이 가진 게 부러울 땐 모든 일엔 양면兩面이 있음을 생각해야 합니다. 제 주변엔 돈이 많은 친구들, 머리 좋은 친구들이 있습니다. 한때는 돈 많은 친구들이 부러웠습니다. 그런데 그 친구들과 얘기를 해 보면 재산으로 인해 골치 아픈 일도 많은 것 같습니다. 재산이 많으니 세금이 많다고 얼굴을 찌푸리는가 하면, 아직 '충분히' 부유하지 않다며 더 많은 돈을 벌 궁리를 하느라 피곤해 하기도 합니다. 머리가 좋은 친구들은 짜증내는 일이 많습니다. 대부분의 사람들이 자기들만큼 머리가 좋지 않기 때문입니다.

저는 머리의 능력 중에도 기억력이 아주 나쁩니다. 오목을 두다가 흰 돌이 내 것이었던가 검은 돌이 내 것이었던가 헷갈리는가 하면, 예닐곱 번 가 본 장소를 못 찾아 헤맬 때도 있습니다. 그런 제 자신이 한심하고 부끄러울 때도 많았지만, 언제부턴가 생각을 바꿨습니다. 저는 기억력은 나쁘지만 판단력과 위기관리 능력은 괜찮다는 평을 들으니, 그것으로 위안을 삼는 것이지요. 제 친척 중엔 기억력이 아주 좋은 사람이 있습니다. 그는 다른 사람이 오래 전에 저지른 잘못을 너무 잘 기억하는 바람에 관계를 유지하는 데 힘이 듭니다. 그에게서 전화가 오면 머리가 아픕니다. 저는 전혀 기억나지 않는 삼십년 전 일을 어제 일처럼 얘기하며, 왜 기억하지 못하느냐고 저를 다그칩니다. 기억은 과거입니다. 기억력이 좋다는 건 대뇌주름 속에 과거의 일을 많이 저장하고 있다는 뜻이니, 아무래도 현재에 열중하기 어렵지 않을까요?

다섯째, 나와 남이 다름을 인정하는 것입니다. 자신과 여러 면에서 닮은 사람과 있으면 편합니다. 자신이 원하는 방식으로 생각하고 움직이는 사람을 좋아하는 건 쉬운 일입니다. 그러나 편한 사람하고만 어울려서는 성장하지 못합니다. 어떤 일에 대해 나와 다르게 반응하는 사람이 있을 때, 그 사람이 그렇게 하는 이유가 뭘까 알아내고자 노력하다 보면 내 생각의 폭이 넓어집니다. 사람이 어떤 행동을 할 때는 반드시 이유가 있습니다. 그걸 알아내려 애쓰는 것은 그를 이해하려 노력하는 것입니다. 어떤 사람을 이해하려 애쓰다 보면 내 생각과 행동의 오류를 발견하기도 하고, 그를 반면교사反面教師 삼아 나를 개선할 수도 있습니다.

세상은 용광로가 아니고 샐러드 볼입니다. 모든 사람이 특정한 기준에 맞추어 한 가지 색깔만 내게 되면, 그렇지 않아도 관성으로 가득한 삶이 더욱 권태로울 겁니다. 사람이 서로 달라 동시대를 살면서도 다른 가치관을 갖고 다른 일에서 기쁨을 찾으니 얼마나 다행스러운지 모릅니다. 이해할 수 있는 것을 이해하는 건 누구나 할 수 있습니다. 이해할 수 없는 것을 이해하려 애쓰는 것, 그것이야말로 사랑입니다. 이해할 수 없는 걸 이해하려 애쓸 때 가장 효과적인 방법은 앞에서 얘기한 역지사지易地思之입니다. 역지사지해도 이해할 수 없을 때는 전생前生을 생각하면 도움이 됩니다. 제가 전생을 들먹이는 건 종교적 믿음 때문이 아니고 순수하게 현실적인 이유 때문입니다.

제게는 어머니가 찾으면 무조건 달려간다는 원칙이 있습니다. 어머니가 저희 다섯 형제를 위해 평생 애쓰셨으니 그 보답으로 어머니가 부를 때는 암말 않고 나가겠다고 마음먹었습니다. 그런데도 하루치 계획을 단단하게 세운 날 아침 어머니가 전화를 하시면 은근히 짜증이 났습니다. "왜 꼭 뭘 좀 하려고 하면 전화를 하실까?" 혼자 꿍얼거렸습니다. 그러던 어느 날 문득 어머니가 전생에 제 딸이었을 거라는 생각이 들었습니다. 전생에선 어머니인 제가, 제 딸인 어머니가 하고 싶어 하는 일을 못하게 했을 거다, 그래서 지금 어머니가 내가 하고 싶어 하는 일을 방해하는 거다, 사랑 때문에 크게 방해하진 못하고 짜증이 날 정도로만 방해하는 거다, 이렇게 생각하니 어머니가 할 일 많은 날 전화해도 싫다는 생각이 나지 않고 '공평하다'는 생각이 들었습니다.

현 14대 달라이 라마의 스승 링 린포체(1903~1983)의 환생으로 알려져 있는 티베트 왕사王師 링 린포체 스님이 2008년 가을 한국을 방문했을 때 이런 말씀을 했다고 합니다.

"내겐 '내가 누구다'라는 생각이 없다. 단지 남들이 누구의 후신後身이라고 하니 그렇게 알 뿐이다. 내가 누구의 후신이라고 하는 것은 중요하지 않다. 다만 전생에 훌륭하셨던 분을 닮으려고 노력할 뿐이다. 달라이 라마도 내게 '링 린포체'가 되라고 하지 않으신다. 그저 부처님 말씀을 잘 깨달아 훌륭한 사람이 되라고 말씀하신다. 나는 그러기 위해 최선을 다할 뿐이다."

링 린포체 스님의 말처럼 지금 살아 있는 우리가 해야 할 일은 '훌륭한 사람'이 되기 위해 노력하는 것이라고 생각합니다. 훌륭한 사람은 사랑할 대상을 많이 가진 사람입니다. 이해할 수 없는 이를 이해하려 애쓰는 게 사랑이라면, 누군가를 이해(사랑)하기 위해 전생이라는 개념을 이용해도 문제되진 않을 겁니다.

여섯째, 말을 줄이고 잘 보는 것입니다. 대개 어린 시절, 즉 여자 혹은 남자로 살 때는 남이 하는 말을 믿고 남이 보여 주는 것만을 보지만,

'휴먼'이 되면 말해지지 않은 것과 보여 주지 않는 것까지 볼 수 있게 됩니다. 아니 그래야 '휴먼'입니다. 오스트리아에서 태어나 영국에서 활동한 철학자 루트비히 비트겐슈타인Ludwig Wittgenstein은 1919년 루드비히 폰 픽커에게 보낸 편지에서, 자신의 글은 두 가지 부분으로 나뉘는데 첫 부분은 '쓰여진 부분'이고 두 번째 부분은 '쓰여지지 않은 모든 것'이며, 두 번째 부분이 더욱 중요하다고 말했습니다. 사람도 마찬가지입니다. 사람들은 보통 남이 하는 말을 듣고 그 사람을 파악하지만, 말에 의존하다가는 오히려 본질을 놓치는 경우가 많습니다. 영화나 드라마를 보면, 어떤 사정으로 인해 사랑하는 사람에게 오히려 사랑하지 않는다고 말하는 경우가 있고, 사랑하지 않는 사람에게 사랑한다고 말하는 경우도 있습니다. 말에는 오해나 거짓의 가능성과 함께 진실을 다 담지 못하는 한계가 내재합니다.

제 친구 중에 늘 행복하다고 말하는 사람이 있습니다. 남들 앞에서 언제나 명랑한 얼굴로 행복을 자랑하여 듣는 이들의 부러움을 삽니다. 그러나 혼자 무심히 있거나 술에 취하면 어두운 내면이 드러납니다. 주변 사람들 중엔 그 사실을 모르는 사람들이 많습니다. 그가 행복한 척하는 걸 보고 그가 정말 행복한 줄 아는 것이지요. 저는 그가 어서 그런 이중적 태도를 벗어 버리기를 바라고 있지만, 그는 이십대에 그랬던 것처럼 오십 세가 넘은 지금도 연기를 하고 있습니다. 가끔 그가 술자리에서 어두운 얼굴을 보이면 "저이가 왜 저래?" 하며 당혹스러워하는 사람들이 있습니다. 그의 전체를 보지 않고 그가 보여 주던 모습만 보아 왔던 것이지요. 그 친구와 그 사람들 모두 어서 '휴먼'이 되었으면 좋겠습니다. '휴먼'은 남과 있을 때나 혼자 있을 때가 다르지 않습니다. 행복한 척, 돈 있는 척, 젊은 척하지 않습니다. '휴먼'은 또 남이 보여 주는 모습을 보고 남을 판단하지 않습니다. 그가 보여 주는 모습 너머 보여 주지 않는 내면까지 헤아립니다. 전체를 다 보되 말은 조금만 합니다.

일곱째, 걱정하지 않는 것입니다. 영국 속담엔 "걱정이란 흔들의자에 앉아 있는 것과 같다. 흔들의자는 당신을 움직이게 하지만 그 움직임으로는 아무 곳에도 갈 수 없다."는 말이 있고, 터키엔 "나무를 파괴하는 건 벌레들, 사람을 파괴하는 건 걱정"이라는 격언이 있습니다. 우리나라에도 짚신 장수와 우산 장수를 둔 어머니의 얘기가 있습니다. 옛날 옛적 어떤 여인이 두 아들과 살았는데, 하나는 짚신을 팔고 하나는 우산을 팔았다고 합니다. 여인은 해가 쨍쨍한 날엔 우산 장수 아들을 걱정하고, 비 오는 날엔 짚신 장수 아들을 걱정하느라 하루도 편한 날이 없었습니다. 맑은 날엔 짚신이 잘 팔리니 좋고 비 오는 날엔 우산이 잘 팔리니 좋다고 생각하면 매일이 행복했을 텐데 말입니다.

두려움과 걱정에 시달리는 사람은 백 년을 살아도 한 이십 년 사는 것과 같습니다. 두려움에 떨며 걱정하느라 하고 싶은 일도, 해야 할 일도 하지 못하고 사니까요. 실패할까 봐 아무것도 하지 않는 것보다 하고 싶은 일을 하여 실패하는 게 훨씬 낫습니다. 실패하면 힘들지 않느냐고 하지만 힘들이지 않고는 가치 있는 것을 얻거나 이룰 수 없습니다. 영어 격언에도 "No pain, no gain."이라는 말이 있지요. 두려움 없이 하고 싶은 일을 하는 것이 살아가는 최선의 방식입니다. 정히 걱정이 된다면 기도를 하면 됩니다. "예수님, 부처님, 이러저러 해 주세요." 하는 기복신앙적 기도 말고, 내가 혹은 내가 사랑하는 어떤 사람이 자신 속 위대함을 끌어내도록 그를 응원하고 격려하는 것입니다.

여덟째, 한결같은 태도를 갖는 것입니다. 봄이나 겨울이나, 월요일이나 금요일이나, 아침이나 저녁이나 꼭 같은 사람이 있는가 하면, 오분 전과 오 분 후가 다른 사람도 있습니다. '우먼(맨)'은 남이 있을 때와 없을 때의 행동이 다르지만 '휴먼'은 남이 있든 없든 똑같이 행동하는 사람입니다. 남이 보지 않을 때도 누군가는 내가 하는 생각과 행동을 봅니다. 바로 나 자신입니다. 기분 나쁜 일이 있다는 이유로, 술을 먹었다는 이유로 평소와 다르게 행동하는 사람은 믿을 수도 없고 존경할 수도 없습니다.

형편이 좋을 때와 나쁠 때 아주 다른 사람이 되는 사람도 있습니다.

제 후배 하나는 시선과 목소리로 자신의 상황을 표현합니다. 일이 잘 되어 갈 때는 시선과 목소리에 힘이 들어가며 무례해지고, 일이 잘 안 되면 낮은 목소리로 예의를 지킵니다. 칭찬이나 비난에 따라 달라지는 사람들도 있습니다. 칭찬 받으면 좋아라 하고 비난이나 충고를 들으면 토라져서 그 말을 해 준 사람을 피하기까지 합니다. 그러나 사실은 칭찬도 비난도 나 자신과는 상관없는 '남의 말'입니다. 남들은 왕왕 내가 하는 말이나 행동이 제 마음에 들면 칭찬을 하고 제 마음에 들지 않으면 비난합니다. 그러니 칭찬이나 비난에 크게 마음 쓸 필요가 없습니다.

저는 비난보다 칭찬을 경계합니다. 비난은 들을 때 기분이 나쁠 뿐이지만, 칭찬은 사람을 우습게 만들거나 발전을 저해합니다. 제가 아는 사람들 중엔 글 쓰는 사람들이 많습니다. 어떤 성격의 글인가에 따라 좋은 글의 조건이 다릅니다. 언젠가, 좋은 칼럼이란 '새로운 정보를 주고 informative, 재미있으며entertaining, 깨달음을 주는enlightening 것'이라는 말을 들은 적이 있습니다. 세 가지 조건을 다 충족시키지 못하면 두 가지라도 만족시켜야 합니다. 그런데 요즘 칼럼 중엔 세 가지는커녕 한 가지 조건도 만족시키지 못하는 글이 많고, 그런 글을 쓰는 사람일수록 칭찬을 좋아합니다. 칭찬하는 사람들은 무심코 하는데, 듣는 사람들은 매우 기뻐하며 그것으로 위안을 삼아 개선할 생각을 하지 않습니다. 어린 사람들에게 칭찬을 할 때는 특히 유의해야 합니다. 노력해서 거둔 성취에 대해서는 아낌없이 칭찬을 해 주어야 하지만, 거저 얻은 것에 대해 칭찬하면 오히려 그 사람의 발전을 저해하게 됩니다. 예를 들어, '예쁘다!'는 말을 자주 들으며 자라는 아이는 '예쁨'의 포로가 되어 다른 잠재력을 계발할 기회를 놓치는 일이 많습니다.

아홉째, 누구에게나 친절한 것입니다. 앞에서도 달라이 라마 얘기를 했습니다만, "나의 종교는 친절My true religion is kindness"이라는 그분의 말씀을 실천하는 사람이 늘어나면 세상은 지금보다 훨씬 살기 좋은 곳이 될 것입니다. 가슴속에 아무리 큰 사랑을 지니고 있어도 칼이나 가시 같은 말을 뱉는다면, 그 사람은 사랑을 지니지 못한 사람과 다를 바 없습니다. 대개의 경우 친절에는 많은 비용이 들지 않지만 그것을 받은 사람이 느끼는 기쁨은 매우 큽니다. 가족과 친구들에게 친절한 것도 쉬운 일은 아니지만 생판 모르는 남에게 친절하기는 더더욱 쉽지 않습니다. 사람에게 친절하기도 쉬운 일이 아니지만 사람이 아닌 동식물에게 친절하기는 더더욱 어렵습니다. 친절의 대상을 많이 가진 사람일수록 '휴먼'에 가깝습니다.

'친절' 정도라면 나도 할 수 있다고 생각하는 사람들이 있는데 그렇게 쉬운 일은 아닙니다. '친절'은 자선이 아닙니다. 저는 자선慈善을 좋아하지 않습니다. 그 뜻은 '남을 불쌍히 여겨 도와주는 것'인데 '불쌍히 여긴다'는 말 속에 자신이 남보다 우월하다는 생각이 들어 있어서입니다. 요즘 흔히 쓰는 '봉사奉仕'라는 말도 저는 좋아하지 않습니다. 본래는 '국가나 사회 또는 남을 위하여 자신을 돌보지 아니하고 힘을 바쳐 애씀' 이지만, 오늘날엔 '남는 시간에 좋은 일을 하는 것'의 의미로 쓰입니다. 제도권 종교의 신도들 사이에선 특히 봉사가 유행입니다. 봉사 활동을 열심히 하면 복을 받는다고 하는 사람들도 있습니다. 그러나 '봉사'와 '복'은 초성이 'ㅂ'이라는 공통점을 빼고는 아무런 관계도 없습니다. 남 는 시간에 남는 재물이나 능력을 남을 위해 쓰는 것은 자기만족을 주는 오락의 한 가지이지 복을 부르는 선행은 아닙니다. 그러니 나쁜 일을 당 한 사람이 하늘을 향해 "그렇게도 봉사를 많이 했는데 왜 제게 이런 시련 을 주십니까?" 하고 탄식하는 건 참으로 어처구니없는 일입니다.

열째, 미워하지 않는 것입니다. 아니 왜 '사랑'이 아니고 고작 '미 워하지 않는 것'인가 하고 물을 분들이 많을 겁니다. 전화번호 안내원이 생면부지의 고객에게 사랑한다고 외치는 시대입니다. '사랑'은 이제 식 당 입구에 깔린 '어서 오세요' 발판이나, 이에 좋다고 모두가 씹어대는 자일리톨 껌 같은 것이 되었습니다. 아무나 아무에게나 아무 때나 사랑 한다고 외칩니다. 그러나 진정한 사랑은 친절보다 훨씬 더 어렵습니다. 대신 죽을 수 있어야 사랑이니까요. 일반적으로 사랑스러운 대상을 사랑하거나 나를 사랑해 주는 사람을 사랑하는 건 쉬운 일이지만, 사랑할 만한 점이 없는 대상을 사랑하긴 어렵습니다. 아무리 해도 사랑할 수 없을 때는 사랑하는 척 위선을 부리기보다 미워하지 않으려 노력하는 게 옳다고 생각합니다.

길에 사탕껍질이나 아이스바 막대기를 아무렇지도 않게 버리는 아이, 거리에 침을 퉤퉤 뱉는 젊은이, 지하철에서 딱딱 소리 내며 껌을 씹는 여인, 조용한 시립도서관 자료실에서 큰소리로 휴대전화 통화를 하는 중년 남자, 종로3가 상가 앞에 삼삼오오 모여 앉아 지나가는 여자들을 훑어보며 시시덕거리는 노인들…. 아주 훌륭한 사람이 아니면 이런 사람들을 사랑하기는 어려울 겁니다. 대개는 눈살을 찌푸리며 "뭐 저런 사람이 있어!" 하기 일쑤입니다. 하지만 '휴먼'은, 혹은 '휴먼'이 되려 하는 사람은 그럴 때 눈살을 찌푸리는 대신 미워하지 않을 방법을 찾아야 합니다. 이를테면 이런 식으로 생각하는 것이지요.

'저런, 저 아이는 사탕껍질이나 아이스바 막대기를 길에 버리는 게 잘못이라는 걸 배우지 못했구나.' '저 여인은 지하철에서 껌을 소리 내며 씹는 게 교양 없는 행동이라는 걸 모르는구나.' '저 남자는 휴대전화 통화를 할 때 밖으로 나가서 해야 한다는 걸 모르는구나, 도서관에서 저렇게 행동할 정도면 집에선 어떨까, 저 사람의 가족들은 참 힘들겠구나.' '남자들은 대개 나이가 들어서도 남성성을 벗어나지 못한다더니 정말

그런가 보구나, 나도 어서 성으로부터 자유로워져야겠구나.'

오래전 《리더스 다이제스트》에서 '그들은 나보다 운이 나빴다'는 제목의 글을 읽은 적이 있습니다. 옳지 않은 행동을 하는 사람들을 보거든 그들을 비난하는 대신, 그들은 나보다 운이 나빴다고, 나도 부모를 잘못 만났거나 교육을 받지 못했으면 그들처럼 될 수 있었다고 생각하라는 글이었습니다. 내가 자라면서 자연스럽게 배우거나 깨달을 수 있었던 걸 배우고 깨닫지 못한 그들의 불운을 생각하다 보면 그들을 사랑할 순 없어도 미워하지 않을 수는 있을 겁니다. 그러니 미운 짓 하는 사람을 사랑하는 척하는 대신 미워하지 않는 것이 중요하다고 생각합니다.

종교에도 십계명이 있고 '요점 정리'는 열 가지 항목으로 하는 게 보통이지만 저는 두 가지를 더 추가하고 싶습니다. 추가하는 것이니 앞의 항목들보다 덜 중요한 것일 거라고 생각하는 분이 있을지 모르나 그렇지 않습니다. 오히려 열한 번째와 열두 번째 항목이 가장 중요하다고 할 수 있습니다.

'우먼'에서 '휴먼'으로 가는 사람에게서 나타나는 열한 번째 징표는 몸과 마음을 분리하는 것입니다. 앞에서도 얘기한 적이 있지만, 저는 중학교 삼학년 때부터 오십대 초반까지 극심한 생리통으로 고생했습니다. 실제 월경을 하는 일주일은 말할 것도 없고 앞뒤로 일주일씩 생리전증후군과 생리후증후군으로 고생했습니다. 고통만큼 사람을 외롭게 만드는 것이 없습니다. "기쁨은 나누면 두 배가 되고 슬픔은 나누면 절반이된다."고 하지만 '고통은 나눌 수 없다'는 게 제 생각입니다. 아파서 아무것도 먹지 못하는 환자 옆에서 간호사들은 "오늘은 뭘 먹을까?" 고민합니다. 나는 혼자 누워 끙끙 앓는데 방문 밖에선 가족들이 텔레비전의 코미디 프로그램을 보며 까르르 웃습니다. 고통이 견딜 만할 때는 내가 대표로 아프고 저들은 건강하니 다행이라고 생각하지만, 고통이 견딜 수없이 심해지면 건강해서 행복한 사람들이 부럽고 그들의 무관심이 원망스럽습니다. 결국 우울한 사람이 되어 혼자 눈물짓기도 하고 '조용히 죽어 버린다면?' 하고 생각해 보기도 합니다.

그러던 어느 날, 아픈 것은 몸이며 마음이 아니라는 것을 깨달았습니다. 생리통으로 아픈 것은 몸일 뿐 마음은 아니니, 몸이 아프다고 마음까지 우울해질 필요는 없다고 생각하자, 마음이 몸을 위로하기 시작했습니다. 아픈 아랫배를 살살 쓸어 주며, "김홍숙, 네가 나를 만나 고생이 많구나. 내가 어려서부터 잘 먹고 운동도 좀 하고, 젊은 시절에 화를 많이내지 않고 술을 조금 덜 마셨으면, 그랬으면 오늘날 네가 이렇게까지 고생하지 않아도 되었을 텐데 미안하다."고 했습니다. 재미있는 건 위로받는 몸과 위로하는 마음을 바라보는 또 하나의 내가 있더라는 것입니다. 지금도 저는 몸과 마음, 또 이 둘을 바라보는 또 하나의 '시선'으로 살아

갑니다. 비록 "나는 누구인가?"라는 질문에 명쾌한 대답을 내놓지는 못해도 최소한 그 질문을 품고 사는 것이지요. 이 질문은 '나'를 비추는 거울과 같아, 이 질문을 품고 사는 사람에겐 '휴먼'으로 가는 길이 있을 뿐 '우먼'과 '맨' 그 이분법의 삶으로 퇴행하는 법은 없습니다. 제 몸은 '우먼'이고 제 마음은 '우먼'을 벗어나고자 애쓰고 있지만, 몸과 마음을 바라보는 시선은 이미 성性의 이분二分을 벗어나 있으니까요.

'휴먼'을 드러내는 열두 번째 징표는 죽음을 대하는 태도에서 나타납니다. 본래 허약 체질인 사람은 젊어서부터 여러 가지 질병에 시달리지만, 건강하던 사람도 쉰 살이 넘으면 여기저기 아픈 곳이 많아집니다. 눈엔 백내장이 덮이고, 귀는 점차 들리지 않게 되며, 잇몸은 이를 지탱하지 못할 정도로 약해집니다. 목과 어깨가 아픈 사람, 무릎이 아파 걷기도 힘든 사람… 처음 겪는 불편과 통증이 모든 중년에게 찾아옵니다. 겉으로 드러나는 병이 이렇게 많을 때 몸속이라고 평화로울 리가 없습니다. 고혈압과 당뇨병으로 고생하는 사람, 콜레스테롤 수치가 높아 전전긍긍하는 사람, 협심증으로 늘 죽음을 가까이 느끼는 사람, 암과 투쟁하는 사람… 그야말로 생로병사生老病死라는 말을 곱씹게 되는 나날입니다. 병과 싸우다 일찍 죽음에 이르는 사람들도 적지 않아 "환갑 전에 한번 정리가 된다."는 말이 있을 정도입니다. 그러나 대다수 사람들은 시달리기만 할 뿐 죽진 않고 노년으로 진입합니다. 경제협력개발기구OECD가 2009년 말에 발표한 '2009 건강백서'에 따르면, 한국인의 평균 기대 수명은 79.4 세로 남자의 기대 수명은 76.1세, 여자의 기대 수명은 82.7세였습니다. 이 백서는 2007년 통계를 바탕으로 한 것이니 2010년 말 현재 한국인의 평균 기대 수명은 80세를 넘어섰을 겁니다.

모이기만 하면 아프다는 얘기나 병원에 다녀온 얘기를 하는 중년과 노인들은 주로 건강하게 살아온 사람들입니다. 늘 아프며 살아온 사람들은 웬만큼 아파도 "응, 자네 왔는가?" 하는 식으로 덤덤하게 받아들이지만, 건강하던 사람들은 불평이 많습니다. 눈이 침침하다, 다리가 아프다, 어깨가 아프다, 소화가 예전 같지 않다… 이런 사람들일수록 병원이다 한의원이다 열심히 들락거립니다. 하지만 쉰이 넘은 사람이 '완전히 낫기'는 불가능합니다. 증세를 완화하거나 종양을 제거할 순 있지만 이삼십대의 건강으로 돌아갈 수는 없습니다. 중년 이후의 육체에 병이 나는 건 오래 사용한 기계가 고장을 일으키는 것과 같은 원리이기 때문입니다.

중년과 노년에 병이 났을 때는 그것을 완전히 치료하기 위해 동분서주하는 것보다 "육십 년을 썼으니 아플 때도 됐다."라고 생각하는 편이 낫습니다. 또 그렇게 생각하는 사람이 "왜 자꾸 아플까?" 고민하는 사람보다 건강합니다. 태어날 때부터 평생 장애를 안고 사는 사람들도 허

다한데, 건강하게 살다가 노년에 이르러 병치레를 하게 되면 그동안 편하게 산 것을 감사해야 할 것입니다. 죽지 않을 병이란 가난과 같아 불편하고 부자유하지만, 삶에 깊이를 제공하기도 합니다. 아파서 움직일 수 없으면 하는 수 없이 혼자만의 시간을 갖게 되니까요. "아픈 만큼 성숙해진다."는 말도 거기서 연유했을 겁니다. 뒤집어 말하면 '아픈데도 성숙하지 못하는 사람은 어리석은 사람'입니다. 아파 누워 있다고 마음까지 통증에 사로잡혀 시간을 낭비하기보다, 아픔을 성찰의 기회로 삼으면 '아픈 만큼 성숙'해질 수 있을 겁니다.

물론 몸과 마음을 분리할 줄 모르면 이 기회를 이용할 수 없겠지요. 생로병사의 후반에 처한 사람들이 오랜만에 만나거든, 건강에 관한 얘기는 처음 만났을 때와 헤어질 때나 하고, 어떻게 하면 보람 있게 살다 죽을 수 있을까에 대해 더 많은 얘기를 나누었으면 좋겠습니다.

온갖 질병에 시달리면서도 죽음에 대해 얘기하는 걸 싫어하는 사람들이 있습니다. 죽음에 대해 생각하기 싫어할 정도로 죽음을 두려워하는 것이지요. 그들은 천국과 극락을 약속하는 종교에 빠져들지만, 종교는 천국과 극락의 존재를 믿으라고 종용할 뿐 죽은 후를 보장해 주진 못합니다. 죽음 혹은 영계靈界를 체험한 것으로 알려진 사람들, 예를 들어 스웨덴의 과학자이며 철학자이고 신학자인 에마누엘 스베덴보리Emanuel Swedenborg(1688~1772)같은 이는 천국이나 극락행을 결정하는 것은 특정 종교가 아니라고 말했습니다. 1758년에 출판된 유명한 저서 《천국과 지옥 Heaven and Hell》에서 그는 천국에는 유대인, 이슬람교도, 로마인들과 그리스인들 등 기독교 이전 시대에 살았던 이교도들도 있었다고 주장했습니다. 참고로 그는 그리스도교 신자였습니다. 그는 자기 자신이나 세상보다 신과 동료 인간들을 더 사랑하는 사람들만이 천국에 갈 수 있다고 말했습니다.

부모 자랑은 팔불출에 속하지 않으니 저희 아버지 얘기를 좀 하겠습니다. 올해 여든여섯인 저희 아버지는 요즘도 오전 10시부터 오후 3시까지 근무하며 찾아오는 손님들을 만납니다. 아버지를 자주 찾는 손님 중에 강남 큰 교회에 다니는 70대 장로님이 계신데, 이분은 종교의 도움 없이도 편안해 보이는 저희 아버지를 늘 궁금해 했다고 합니다. 어느 날 두 사람이 죽음에 대해 진지한 얘기를 나눌 때 장로님이, "정말 천국과 지옥이 있는지 없는지는 알 수 없는 일이지만 혹시라도 있다면 천국으로 가야 하니 교회에 다니는 게 낫지 않겠습니까?" 라고 솔직하게 얘기하더랍니다. 그래서 저희 아버지도 평소 생각을 털어놓았답니다.

"나는 팔십 평생 동안 행복하고 보람 있게 살았으나, 세상엔 끝없이 고생하며 고통스럽게 사는 사람들도 많다. 만일 천국과 지옥이 있다면, 이승에서 행복하게 산 사람들은 지옥으로 가고, 이승에서 힘들게 산 사람들은 천국으로 가야 공평하다고 생각한다. 누군가 내게 천국으로 가라고 해도 나는 지옥으로 갈 것이다."

　저는 저희 아버지가 거짓말을 하지 않았다는 것을 알지만, 아버지야말로 힘들게 고생하며 살아온 사람입니다. 가난한 집의 외아들로 힘겹게 살다가 열두 살에 부친을 여의었고, 돈이 없어 보통학교(요즘의 초등학교) 2학년을 끝으로 학교도 다니지 못했습니다. 일찍 홀어머니를 모시고 고향을 떠나 온갖 고생을 했으며, 결혼 후엔 각고의 노력으로 다섯 아이를 교육시켰습니다. 예나 지금이나 학연, 혈연, 지연에 기반을 둔 인간관계 중심으로 흘러가는 한국 사회에서 아버지의 일생이 얼마나 힘들었을지는 보지 않아도 알 수 있습니다. 그런 아버지가 이승에서 행복했다고 천국을 양보하겠다니 놀라운 일이 아닐 수 없습니다. 어쩌면 아버지가 그렇게 얘기한 것은 천국과 지옥이 없다고 확신하기 때문일지도 모르지만요. 저 자신은 죽음을 출산과 비슷하게 생각합니다. 스물일곱 살에 아기를 낳을 날이 다가올 때 두려운 마음이 들면, '인류가 존재하기 시작한 이래 낳아 오지 않았는가?' 생각하면 두렵지 않았습니다. 죽음도 마찬가지입니다. 인간의 죽음은 인간이 존재하기 시작할 때 시작되었습니다. 이렇게 익숙한 일을 두려워할 필요가 있겠습니까?

죽음, 죽을 만큼 아시나요?

죽음에 관해 얘기하면서 자살을 언급하지 않을 수가 없습니다. 더구나 우리나라는 세계적으로 잘 알려진 '자살공화국'이니까요. 2009년에 자살한 사람은 1만 5,413명, 2008년보다 2,555명(19.9%)이나 늘었습니다. 하루 평균 42.2명, 평균 34분에 1명씩 스스로 목숨을 끊은 것입니다. 1990년대 초부터 증가 일로를 걷던 자살률은 1998년을 기점으로 잠시 감소했으나 2000년도부터 다시 증가하고 있습니다. 2009년의 자살률은 1999년에 비해 107.5퍼센트나 늘었습니다. 인구 10만 명당 자살자 수는 31명으로, 26명을 기록한 2008년보다 19.3퍼센트 증가했습니다. 참고로 이른바 선진국들의 모임으로 알려져 있는 경제협력개발기구OECD 회원국의 평균 자살자 수는 11.2명입니다.

우리나라 자살자를 연령별로 보면 10대 6.5명, 20대 25.4명, 30대 31.4명, 40대 32.8명, 50대 41.1명, 60대 51.8명, 70대 79.0명, 80대 127.7명으로, 연령이 높을수록 자살률도 높습니다. 자살률은 노인층에서 높지만 저로선 10대, 20대, 30대의 자살이 더 안타깝습니다. 마흔이 넘은 사람들은 산다는 게 무엇이고 죽는다는 게 무언지 숙고할 시간이나 자신의 뜻을 펼쳐 볼 기회를 가졌을 테니 덜 애석한 것이지요. 그러나 젊은이들은 삶과 죽음에 대해 깊이 사유하고 자신만의 생각을 정립할 시간을 미처 갖지 못한 채 절망적 상황 때문에 우발적으로 자살하는 일이 많으니 안타까운 것입니다. 자살을 생각하는 10대~30대 젊은이들에게 "정말 죽고 싶으냐? 그대가 삶을 포기할 만큼 삶에 대해 아느냐? 죽음을 선택할 만큼 죽음에 대해 아느냐?"고 묻고 싶습니다. 아마 대개는 '정말 죽고 싶은 건 아니지만' 자신이 직면한 상황을 벗어날 길이 없어 죽으려 하는 것일 겁니다.

그러나 불행에는 커트라인이 없습니다. 내가 가장 불행한 것 같아도 세상엔 나보다 더 불행한 삶이 적지 않습니다. 삶은 기회입니다. 무엇이든 해 볼 수 있는 기회이지요. 죽지만 않으면 무엇이든 할 수 있습니다. 살아 있는 사람만이 죽을 수도 있습니다. 회사의 직원 중에는 최선을 다해 일하지만 언제든 그만둘 수 있다고 생각하는 사람이 있고, 일은 대충 하면서 그만둘 생각은 결코 하지 않는 사람이 있습니다. 전자가 많은 회사는 발전하지만 후자가 많은 회사는 퇴보합니다. 저는 전자의 직원처럼 살고 싶습니다. 최선을 다해 살되 도저히 힘들어 못살겠으면 죽을 수 있으니, 마음 놓고 사는 겁니다.

10대에서 30대까지 저는 참 심각했습니다. 제가 보기에 세상엔 부정과 불의가 넘치고 천박한 사람들이 넘쳐났습니다. 그런 사람들과 죽어라 살아 봤자 죽게 된다는 결론이 났습니다. 그러니 힘들게 살 것 없이 죽어야겠다고 생각했습니다. 그러다 어느 순간 생각을 바꾸었습니다. 언제든 죽을 수 있으니 한번 살아 보자. 저 땅의 개미도, 저 호젓한 산길의 꽃들도 열심히 사는데, 그들보다 많은 곳에 갈 수 있고 많은 일을 해 볼 수 있는 인간으로 태어났으니 서둘러 죽지 말고 '죽을 때까지' 살아 보자, 세상은 세상대로 두고 내가 할 수 있는 일을 하자, 이렇게 마음먹었습니다.

생각을 바꾸니 마음이 한층 가벼워졌고, 매명賣名이나 치부致富, 불의와의 타협 따위엔 더더욱 관심이 없어졌습니다. 가벼운 마음으로 떠난 여행 같은 삶을 살면서 나쁜 일을 하거나 돈을 많이 벌기 위해 골치 아플 필요가 없으니까요. 그러나 마음이 가벼워졌다고 살아가는 일이 쉬워진 것은 아닙니다. 가끔 옆에서 충동질하는 사람들 때문에 세상의 기준에 저를 맞추어 보면 사는 게 더욱 힘이 듭니다.

힘들어하는 건 저만이 아닙니다. 남 보기엔 아무 걱정도 없을 것 같은 사람들 중에도 자신이 세상에서 가장 힘들게 산다고 생각하는 사람들이 있습니다. 사람이 느끼는 고통은 그의 시야의 넓이와 반비례하는 것 같습니다. 전 지구적 시야를 가진 사람은 인간의 삶은 어디에서 살든 근본적으로 다르지 않으며, 지구상엔 자기보다 힘들게 사는 사람이 아주 많이 있다는 것을 압니다. 우리가 우리 속에서 끄집어내야 할 '휴먼'은 바로 그 넓은 시야를 가진 사람입니다.

젊은이의 자살은 낭비입니다. 건강한 몸을 가진 젊은이가 죽고 싶다면 자신이 죽었다고 생각하고 허약한 사람들을 위해 자신의 힘과 몸을 남김없이 쓴 후에 죽었으면 좋겠습니다. 장애로 인해 죽음을 생각하는 젊은이도 다르지 않습니다. 장애를 가진 사람들은 누구나 다른 장애인들과 비장애인들의 스승입니다. 한 사람이 장애를 극복할 때 다른 장애인들은 힘을 얻고 비장애인들은 깨달음을 얻습니다. 냉정히 말하면, 젊은이는 장애가 있든 없든 아직 자살할 권리가 없습니다. 그 권리는 오직 자신의 잠재력을 발휘하여 타인의 삶에 기여함으로써만 얻을 수 있는데, 대개의 젊은이들은 아직 충분히 그렇게 하지 못했기 때문입니다. 천재의 요절이 비난받지 않는 건 그들이 이미 자신의 재능으로 무수한 타인들의 삶에 기여했기 때문입니다. 저를 비롯해 대부분의 보통사람들이 자연 수명을 살아 내야 하는 이유가 바로 여기에 있습니다.

그런 맥락에서 저는 젊은이들의 자살과 노인의 자살은 분리해서 보아야 한다고 생각합니다. 잘 산 노인이라면 죽음이 삶의 과정이며, 생명이란 것이 우주에 처음 나타난 순간부터 죽음 또한 시작되었다는 걸 알고 있을 겁니다. 노인은 또한 타인에게 기여한 사람입니다. 그는 자살할 권리를 획득한 사람이지만, 인간도 나무나 새처럼 자연의 일부이니 죽음을 '사건화'하는 자살 대신 자연스러운 죽음을 맞는 게 최선이라는 것을 압니다. 이런 노인이 자살을 감행할 때는 그럴 만한 이유가 있을 겁니다.

2009년 정부 통계를 보면, 노인을 자살에 이르게 한 요인은 배우자 사별이 45퍼센트로 가장 많았고, 육체적 질병, 가정 문제, 경제 문제, 학대와 폭력 등이 뒤를 이었습니다. 나이와 함께 증가하는 자살률이 보여 주듯 노년의 삶은 힘이 듭니다. 늙으면 우선 몸이 약해지거나 병이 듭니다. 여든 넘은 분들의 높은 자살률은 하루하루를 살아 내는 것 자체가 그분들에게 고통스런 도전이 될 수 있음을 보여 줍니다. 상황이 이러니 노인 중엔 우울증 환자가 많습니다. 60세 이상 노인 중 우울증으로 진료를 받은 노인은 2005년 13만 8,156명에서 매년 증가하여 2009년 말에는 19만 2,292명이나 되었습니다. 같은 기간 동안 전체적인 우울증 환자의 수는 16.8퍼센트 늘었는데, 노인 우울증 환자는 39.2퍼센트나 늘어난 것입니다. 2010년 상반기만 해도 14만 8,789명의 노인이 우울증으로 병원을 찾았다고 하니, 노인 우울증 환자가 계속 늘고 있음을 알 수 있습니다.

미국과는 확연히 다른 현실입니다. 미국 질병관리센터CDC가 2006년과 2008년에 걸쳐 18세 이상 미국 성인의 우울증 이환율을 연령별로 조사한 것을 보면, 45~64세에서 가장 높고 65세 이상에서 가장 낮았다고 합니다. 미국에서도 노인의 자살률은 다른 연령층보다 높지만 우리나라처럼 눈에 띄게 높지는 않습니다. 중국에서도 노인층의 자살률이 큰 폭으로 증가하고 있다고 합니다. 70~74세 사이의 노인의 경우 10만 명 당 자살자 수가 1990년대 13.39명에서 2002~2008년엔 33.76명으로 증가했다는 겁니다. 그러나 우리나라 70대 노인의 자살률은 그 두 배나 됩니다.

미국 노인이든 한국 노인이든 사별, 신체적 기능의 저하 또는 상실, 건강의 악화와 질병, 경제적 문제 등을 겪는 건 마찬가지입니다. 그런데 우리나라 노인의 자살률이 유독 높은 것은 왜 그럴까요?

그건 무엇보다 우리 사회의 격심한 변화와 그로 인한 가치관과 환경의 변화 탓이 클 겁니다. 전 세계에서 우리나라처럼 짧은 기간에 농업 국가에서 정보 선진국으로 변화한 나라도 없습니다. 한때 집안을 이끄는 지도자이자 의견 결정권자였던 노인들은 이제 자신들이 몸담고 있는 사회마저 납득하지 못하는 뒤처진 이방인이 되어 버렸습니다. '경험과 지혜' 대신 '새로운 지식과 정보'가 추앙을 받고, 외국어를 모르면 제 나라에서조차 불편을 겪게 되니 노인이 할 수 있는 일이 많지 않습니다.

지금 중년과 노년 세대는 부모의 희생과 자녀의 효도를 중요한 덕목으로 배우고 실천하며 살았지만, 그들의 자녀 세대에게 희생과 효도는 낯선 단어들입니다. 자녀에게 가진 것을 다 주고 경제적으로 힘들게 살면서도 자식들에게 손을 벌리지 않으려는 노인들이 많습니다. 물론 부모가 도움을 청해도 모르쇠 하는 자식들도 많겠지요. 지역별로 보면 충청도 노인들의 자살률이 유독 높은데, 이는 특유의 '양반 기질' 때문에 경제적 어려움을 홀로 버티다 자살을 선택하는 경우가 많아서라고 합니다. 현재 10대 자살률의 20배, 20대 자살률의 5배나 되는 80대 노인의 자살률은 앞으로 더욱 증가할 겁니다.

전 세계에서 가장 빠른 속도로 노화하는 나라, 한국. 저는 이 나라의 정부가 하루빨리 해야 할 일은 노인들이 품위 있게 죽음을 맞을 수 있도록 돕는 것이라고 생각합니다. 홀로 죽겠다고 결심한 사람이 아니면 누구도 홀로 죽게 두어서는 안 됩니다. 더구나 죽은 지 며칠, 몇 주가 되도록 주검이 방치되는 일이 있어서는 안 됩니다. 정부는 나라 곳곳에 일종의 '죽음을 준비(맞이)하는 집'을 열어 죽음을 목전에 둔 노인들과 치료 불가능한 환자들이 인간적인 죽음을 맞을 수 있게 도와야 합니다.

지금 우리 사회가 성 에너지와 남성적·여성적 가치에 탐닉하고 집착하며 인간적 추구를 게을리 하게 된 것은 죽음을 잊게 하는 생활과 환경의 탓이 큽니다. 무덤이 있는 마을의 사람들은 적어도 가끔은 죽음을 생각합니다. 가끔 죽음을 생각하는 사람은 큰 욕심을 부리거나 악행을 저지르지 않습니다. 타인의 죽음은 나의 내면을 비추는 거울이 되어, 죽음을 한 번 생각할 때마다 나를 맑히니까요. 그러나 이제 그런 마을은 찾아보기 힘듭니다. 지금 우리 국민 대부분이 몰려 사는 도시들엔 죽음의 힌트가 없습니다. 무덤은커녕 화장장도 '혐오 시설'로 기피되고 있습니다. 도시에 무덤을 만들 순 없어도 '죽음을 준비하는 집'을 열 수는 있을 겁니다. 온 국민이 하루에 한 번 죽음을 생각하게 되면 우리나라는 남자와 여자의 나라가 아닌 '휴먼'의 나라가 될 것입니다.

대통령을 비롯한 많은 부자들이 재산을 사회에 환원하는 방식으로 장학재단을 만들거나 명문 대학에 장학기금을 기부하고 있습니다. 젊은 이에게 주는 장학금은 투자와 같지만, 죽음을 앞둔 노인을 위해 쓰는 돈은 아무런 보상도 기대할 수 없는, 진정한 의미에서의 기부입니다. 앞으로는 이 보상 없는 기부를 하는 부자들이 많아졌으면 좋겠습니다.

세계적으로 유명한 경영 컨설팅 회사인 보스턴컨설팅그룹은 2008년에 미국, 중국, 이탈리아, 러시아, 영국, 프랑스, 스웨덴, 멕시코 등 22개국의 여성 1만 2천 명을 대상으로 설문 조사를 실시하여 이듬해 가을 《여자는 더 원한다 Women Want More》라는 제목의 책을 출간했고, 우리나라에서는 이 책을 2010년 8월 《여자는 무엇을 더 원하는가》라는 제목으로 번역 출간하였습니다. 22개국 1만 2천 명이면 한 나라에 6백 명도 되지 않으니 과연 이 통계를 신뢰할 수 있는가 하는 의문이 있을 수 있지만, 내용을 보니 고개를 끄덕이게 하는 부분이 많습니다.

이 책에 따르면, 여성들이 삶에서 가장 중요하다고 생각하는 것은 사랑, 건강, 정직, 정서적 웰빙 순이라고 합니다. 모든 나라의 여성들이 공통적으로 겪는 어려움은 '시간 부족'인데, 그 이유는 맞벌이를 하면서도 육아와 가사를 거의 전담하기 때문이라고 합니다. 조사 응답자의 13퍼센트는 꼭 해야 하는 일 때문에 하루에 5~6시간밖에 수면을 취하지 못한다고 대답했습니다.

배우자가 집안일을 도와주는가 물었을 때 도와주지 않는다는 대답은 일본 여성에게서 제일 많았고, 이탈리아, 중국, 러시아 여성들이 뒤를 이었습니다. 한국 여성 가운데는 34.5퍼센트만이 배우자가 집안일을 돕지 않는다고 대답하여, 프랑스, 영국 등 선진국 여성들의 비율보다 낮았습니다. 그러나 '자주 또는 항상 우울하다'고 응답한 한국 여성은 37퍼센트로 다른 나라 여성들 평균(21%)보다 훨씬 높았습니다. '항상 또는 자주 만족감을 느낀다'고 응답한 한국 여성도 20퍼센트에 그쳐 다른 나라 여성들 평균(47%)의 절반도 되지 않았습니다. 재미있는 건 가족 중 우선순위를 묻는 질문에 대한 답변입니다. 20개국의 여성들은 부모나 배우자, 자녀를 1순위로 꼽았으나, 두 나라의 여성들만이 자기 자신을 최우선으로 꼽았는데 이 두 나라는 한국과 멕시코라고 합니다.

　　이 조사 결과를 보면, 세계의 여성들은 각기 다른 역사와 환경, 정치경제적 상황에도 불구하고 아직 보부아르가 얘기한 '제2의 성'으로서 힘겨운 삶을 살고 있습니다. 《제2의 성》이 출간된 1949년으로부터 60년 이상이 흘렀지만 세계는 여전히 여성과 남성이 동등한 공생을 누리는 곳이 아니라는 뜻입니다. 지금 이 순간에도 보부아르가 인용한 키에르케고르의 말을 곱씹는 여성들이 많다는 겁니다. "여자라는 것이 얼마나 불행한가!" ^{시몬 드 보부아르, 《제2의 성}

(하)), 조홍식 옮김, 을유문화사

　　제 나이 또래 한국 여성 치고 '여자여서 불행한' 상황을 겪어 보지 않은

사람은 드물 겁니다. 아니 위의 조사를 보니 다른 나라 여성들도 비슷한 경험을 해 왔고 하고 있을 것 같습니다. 아주 어려서부터 "여자는 이래야 해, 여자니까 그러면 안 돼." 하는 식의 말을 들으며 '여자로 만들어'지고, 아주 구체적인 차별―남자 형제들이 가는 학교에 가지 못하는 것과 같은―도 받는 것이지요.

보부아르는 남자와 여자가 평등한 세계를 '상상' 했습니다.

"남자와 똑같이 양육되고 교육을 받은 여자는 남자와 같은 조건에서 같은 봉급을 받으며 일하게 될 것이다. 성적인 자유는 풍습에 의하여 제한을 받게 되겠지만, 성적 행위는 보수를 받는 '서비스'로는 생각되지 않을 것이다. 여자는 그것과는 별도로 생활 수단을 확보하지 않으면 안 될 것이다. 결혼은 당사자들이 원하는 때에는 곧 해약할 수 있는 자유 계약 위에 성립될 것이다. 모성母性도 자유로울 것이다. 즉 산아 제한과 인공 유산이 인정될 것이고, 그 대신 모든 어머니와 아이들에게 남자와 똑같은 권리가 부여될 것이다. 여자들은 결혼해도 좋고 안 해도 좋다. 임신 휴가 비용은 사회에서 지불하고, 사회는 어린이들에 대한 책임을 질 것이다. 이것은 사회가 아이들을 부모에게서 빼앗는 것을 의미하는 것이 아니라, 아이들을 부모들에게만 '맡겨 두지'

않는다는 것을 의미하는 것이다."

그러면서 그녀는 "그러나 남녀가 정말로 평등해지기 위해서는 법률·제도·풍습·여론, 그리고 모든 사회적 관계를 개선하는 것으로 충분할까?" 하는 의문을 덧붙였습니다.

적어도 한국에서는 보부아르가 '상상'했던 것들이 이루어지기 시작했습니다. 적잖은 가정에서 딸은 태어나기 전부터 아들보다 선호되며 아들과 똑같이 양육됩니다. 교육 받은 여자가 남자와 같은 조건에서 같은 봉급을 받으며 일하는 경우도 많아졌습니다. 성적인 자유도 확대되어 결혼하지 않고 동거하는 일은 물론 이혼도 크게 증가했습니다. 임신 휴가 비용을 대는 기업과 단체도 늘고 있습니다. 한국은 '법률·제도·풍습·여론, 그리고 모든 사회적 관계'에서 남녀의 평등을 향해 변화해 왔고 계속 변화할 것입니다. 고등학교 졸업생 중에 여학생의 대학 진학률이 남학생의 진학률보다 높은 것만 보아도 이 사회가 흘러가는 방향을 알 수 있습니다.

이런 상황에서 한국의 여성들이 다른 나라 여성들보다 더 우울해 하고 덜 만족하는 이유는 무엇일까요? 혹, 그것은 앞의 조사 결과에 나타난 한국 여성들의 태도—'자신'을 최우선으로 삼는—때문이 아닐까요? 타인, 이웃,

나아가 온 인류와 모든 생명체를 향한 큰 '사랑'보다, 남편이나 애인, 내 가족에 한정된 '사랑'을 하기 때문은 아닐까요?

　　꽤 많은 수의 한국 여성들은 이제 보부아르가 '상상'했던 삶을 살고 있고, 그것은 그들에게 새로운 선택을 부여합니다. 힘겹게 얻어낸 '남성과 동등한 지위'와 그 덕에 즐길 수 있게 된 개인적 혹은 이기적 기쁨에 탐닉하며 살아갈 것인가, 자신보다 운 나쁜 여자들과 남자들, 즉 동료 인간들을 비롯한 전 지구촌 구성원들을 위해 노력할 것인가.

　　여성 해방 운동의 기수였던 보부아르조차 "지금까지 '인간'이 구현될 수 있었던 것은 남자에게서이지 여자에게서가 아니다."라고 말한 적이 있습니다. '인간'을 구현하려면 "개개의 실존 속에 있어서 인류 전체의 운명을 연기演技하려고" 해야 하는데, 그걸 해야 한다고 믿었던 여자가 없었다는 겁니다. 물론 여자들이 그러한 믿음을 가질 수 없었던 건 여성을 남성에게 부속된 '제2의 성'으로 보는 사회와 관습의 탓이 컸습니다.

　　2011년 현재, 한국의 여성은 크게 몇 개의 그룹으로 나눌 수 있습니다. '골드미스'의 예에서 보듯 결혼하지 않고 '남성과 동등한 지위'를 즐기는 사람들, 여자를 '평등'하게 대하는 남자와 결혼한 후 이른바 전업주부로서 여

성적 삶을 즐기는 사람들, 아직 남녀평등이 실현되지 않은 가정이나 일터에서 그것의 실현을 위해 악전고투하는 사람들, 만사에 무심한 채 자신을 운명에 맡긴 사람들.

우리나라에서 제일 인기 있는 텔레비전 개그 프로그램인 〈개그콘서트〉에서 일 년 동안 시청자들의 사랑을 받은 '남보원(남성인권보장위원회)'이라는 코너가 있었습니다. 일상생활에서 여자 친구에게 이용 또는 지배당하는 남자들의 처지를 대변하는 대사로 젊은 남성들로부터 높은 호응을 받았습니다. 여기서 그려지는 여성은 남녀평등을 주장하면서도 돈을 써야 할 때나 어려운 상황에서는 여성임을 내세워 상황을 모면합니다. 남성 출연자들의 구호를 보면 '요즘 젊은 여성들'의 모순적 태도가 잘 나타나 있습니다.

애프터는 필요 없다! 계산서나 들고 가라!

들고 가라 들고 가라! 카운터는 왼쪽이다!

네 잘못엔 울면 되고! 내 잘못엔 뺨 때리냐!

울면 되냐 울면 되냐! 연기자로 데뷔해라!

네가 울면 천상 여자! 내가 울면 찌질이냐!

애교 떤다 치지 마라! 네 주먹에 눈물 난다!
벗어 달라 강요 말라! 가을밤엔 나도 춥다!
나도 안에 반팔이다! 체지방은 네가 많다!

이런 여성들, 남성에게 의존하려는 여성들이 있는 한 진정한 남녀평등
은 이루어지기 힘들 겁니다. 어쩌면 보부아르가 《제2의 성》에서 "그러나 남
녀가 정말로 평등해지기 위해서는 법률·제도·풍습·여론, 그리고 모든 사회
적 관계를 개선하는 것으로 충분할까?"라고 의문을 제기한 것도 바로 이런
여성들이 쉽게 사라지지 않으리라는 걸 알았기 때문일 것입니다.

보부아르도 얘기했지만 여성이든 남성이든 사람은 누구나 자기 밥벌이
를 해야 합니다. 밖에 나가서 하는가 집에서 하는가에 상관없이 '일'을 해야
합니다. 직장을 다니다가 결혼하면서 "이젠 남편이 벌어 오는 돈으로 편히 살
겠다."며 직장을 그만두는 여성들이 있습니다. 그러나 그런 식으로 편히 사
는 것은 스스로 노예 상태에 들어가는 것입니다. 직장을 다니지 않고 전업주
부로 살아도 상관없습니다. 살림이 자신의 '일'이라고 생각하는 여성은 살림
을 하는 태도도 남편을 대하는 태도도 다를 것입니다.

남편이 직장이나 하던 일을 그만두었다고 펄펄 뛰거나 의기소침해 하는 여자들이 있습니다. 그들은 자신이 인정하든 않든 남편에게 의존하며 살아온 사람들입니다. 진실로 남편과 평등하기를 바라는 여성이라면, "그동안 당신이 가족을 먹여 살리느라 애썼으니 이제 내가 일을 하겠다."고 나설 수 있어야 합니다.

보부아르가 꿈꾸던 사회에서 살게 된 운 좋은 여성들의 적敵은 남성이 아니고 여성 자신입니다. 남성과 평등한 '우먼'의 삶에 안주하느냐, 성의 이분법을 뛰어넘어 인류 보편의 문제들과 씨름하며 '휴먼'의 삶을 살 것인가, 선택해야 합니다.

부디 이 책이 제 동료 여성들의 선택에 도움이 되기를 바랍니다. 그들이 1968년 6월 보부아르가 여권 운동을 벌이며 외쳤던 구호를 상기하며 '휴먼'으로 진입하기를 바랍니다.

"바로 오늘, 생활을 고치자. 미래에 맡기지 말고, 기다리지 말고, 행동하자."

김흥숙

'무엇이 되고 싶다'는 특별한 생각 없이 어린 시절을 보냄. 중학교 졸업을 앞두고 받은 설문지의 '30년 후 나의 모습은?'이라는 질문에 '창가에 앉아 책을 읽고 있을 것'이라고 답함. 한 방을 쓰던 할머니의 갑작스런 별세, 부모님 몰래 도살장에 드나들며 목격한 가축의 죽음 등으로 인해 일찍부터 죽음에 대해 많이 생각함. 좋아하는것: 자유, 평등, 정의, 친절, 산책. 좋아하지않는것: 위선, 무례, 과식, 숫자, 여행. 존경하는사람: 전태일, 조영래, 서승, 프리모 레비.
처음으로 시도한 '창의적 글쓰기'는 대학 2학년 때 쓴 단편소설 〈그 길었던 방황〉. 이 작품으로 학보사 주최 문학상을 수상했으나 안수길, 이어령 두 심사위원의 심사평 중 '가뭄의 콩'이라는 말에 충격을 받음. 흔히 칭찬의 뜻으로 쓰이는 '가뭄의 콩'을 '가뭄의 콩이 오죽하겠느냐'는 식으로 해석할 정도로 자신감 결여. 이후 자아를 극복하려는 의지를 평생의 친구로 삼음.

이화여대 영문과를 졸업한 뒤 《코리아타임스》와 《연합통신》에서 기자 생활을 하고, 미국대사관 문화과 전문위원으로 활동. 자유칼럼그룹(www.freecolumn.co.kr)의 "김흥숙 동행"을 비롯하여, 《코리아타임스》 "Random Walk", 《한겨레》 "삶의 창", 《한국일보》 "김흥숙 칼럼", CBS 〈시사자키〉 등에 칼럼을 연재함. 현재 《한겨레》 "삶의 창"에 고정 칼럼을 쓰며, 교통방송(95.1MHz)의 〈즐거운 산책〉을 진행 중. 한영시집 《숲(Forest)》, 시산문집 《그대를 부르고 나면 언제나 목이 마르고》와 《시선》 등을 직접 쓰고, 《스키피오의 꿈》《초상화 살인》《바람을 길들인 풍차소년》《필리파 페리 박사의 심리극장》 등 다수의 책을 번역함. 읽고 쓰는 틈틈이 블로그에 흘러가는 생각을 기록함. www.kimheungsook.com